folio
junior

Les messagers du temps

Évelyne Brisou-Pellen

Les messagers du temps

1. Rendez-vous
à Alésia

Illustrations de Philippe Munch

GALLIMARD JEUNESSE

1
L'école druidique

Bibracte, 52 avant J.-C.

Windus se coula silencieusement le long du talus qui délimitait l'espace sacré et s'arrêta à l'abri des branches du chêne. De là, il pouvait apercevoir l'école – un simple toit posé sur des piliers de bois – et entendre ce qui s'y disait.

Bien sûr, il n'en avait pas le droit : il était esclave et, en plus, il était Germain ! Or l'enseignement des druides était réservé aux Celtes.

En longue tunique blanche, le maître siégeait sur un fauteuil devant les élèves assis par terre. Son crâne était rasé sur le devant et ses longs cheveux gris tressés en nattes autour de sa tête.

Windus tressaillit. Le druide regardait vers lui ! Il s'aplatit sur la pente si vite que ses bottes de fourrure patinèrent sur l'herbe mouillée et qu'il glissa jusqu'au fond du fossé... plein d'une eau glaciale comme elle sait l'être en février.

Un moment, il resta immobile, s'attendant à voir surgir au-dessus du talus un visage furieux. Mais rien ne se passa. Le druide ne l'avait-il pas vu ? Windus remonta sur la pente pour vider l'eau de ses bottes. À l'école, une voix chantait :

J'ai été épée étroite et pleine de couleurs,
J'ai été larme dans l'air,
J'ai été lampe brillante.

Pas de problème : ce texte, il le connaissait déjà par cœur. Comme les autres. Il se souvenait toujours de tout. Par moments, ça l'épuisait. Il se rappelait chaque mot des disputes entre son maître et la servante, combien de fois les coqs avaient chanté, un marchandage pour une botte d'oignons, toutes choses inutiles et encombrantes dont il se serait bien débarrassé.

En revanche, des leçons du grand druide, il ne voulait rien oublier. Il assistait en cachette à tous les cours, aussi bien ceux qui s'adressaient aux futurs vates (les druides spécialisés en médecine et divination) que ceux des élèves-bardes, qui apprenaient la musique et la poésie.

J'ai été un pont jeté sur soixante estuaires,
J'ai été route, j'ai été aigle,
J'ai été goutte dans l'averse,
J'ai été corde de la lyre.

Ce chant signifiait que le druide pouvait se transformer à volonté, cependant Windus n'avait encore vu personne le faire. Sans doute fallait-il un très haut niveau d'études pour y arriver.

Un garçon demanda :

– Par le souffle druidique, on peut se métamorphoser en ce qu'on veut. Mais est-ce qu'on peut se transformer en… rien ?

– Devenir invisible ? Oui. De la même façon.

Il y eut des exclamations enthousiastes :

– Oh ! Apprenez-nous, maître !

– Il n'en est pas question. Devenir invisible donne trop de puissance, vous n'êtes pas mûrs pour cela. Pour l'instant, appliquez-vous à l'art de la parole, elle vous donnera déjà un grand pouvoir. Je pense en particulier aux élèves-bardes, qui auront à composer des *satires* pour jeter des sorts et des *louanges* pour flatter. Car le chant des poètes fait céder la volonté des hommes.

Windus songea au poème qui disait : *Quand le barde satirise, les lacs et les rivières baissent. Quand il prononce une louange, ils se gonflent.*

Il se retourna vivement. Il avait eu l'impression si forte d'une présence que ses épaules s'étaient crispées.

Il ne vit personne. Son regard fit le tour des environs, descendit la pente jusqu'au premier rempart, sauta au second, puis suivit la route qui courait à flanc de coteau vers la porte de la cité. Des bœufs, attelés par six à cause de la raideur de la pente, y tiraient un chariot. Car Bibracte était un *oppidum*, une ville fortifiée que le peuple des Éduens avait bâtie au sommet d'une colline pour se mettre à l'abri et voir venir l'ennemi.

Il n'aperçut rien de menaçant.

À l'école, on poursuivait la récitation de l'Histoire Sacrée. On devait la savoir par cœur, puisqu'il était interdit de l'écrire. Et il fallait beaucoup d'années d'études pour connaître tous les rois et les druides, les invasions et les batailles, les enlèvements et les meurtres, les quêtes et les fêtes, depuis la nuit des temps. Et cela, pour tous les peuples celtes.

Windus sursauta. Une flèche venait de se planter dans le talus, juste entre son pouce et son index. Il tourna la tête.

2
La jeune vate

Il n'y avait personne autour de lui ! Windus regarda sa main. Elle portait une coupure à l'endroit touché par la flèche. Il entendit alors :

– Que fais-tu là ?

Il sauta sur le sol. Une jeune fille accompagnée d'une oie débouchait à l'angle du talus, mais elle ne portait pas d'arc. C'était une élève du cours des vates. Grands yeux bleus, cascade de magnifiques cheveux châtains tombant sur un court manteau à capuche qu'on appelait ici *cucullus*. Le reste de sa tenue aussi était celtique : longue tunique à carreaux multicolores et jupe de laine rouge foncé. À la direction de son regard, il comprit qu'elle lisait ce qui était gravé sur son collier de fer : « J'appartiens à Licinius. Si je me sauve, ramenez-moi à mon maître. » Il préféra se présenter :

– Je m'appelle Windix. Enfin… Windus. Mon maître a transformé mon nom pour qu'il fasse plus romain.

Morgana l'examina sans un mot. Il était grand et costaud, mais sans doute pas plus âgé qu'elle. Une douzaine d'années. Il avait l'air d'un Germain, avec ses cheveux blonds noués sur le côté du crâne, ses braies [1] de cuir et sa cape de fourrure fermée sur sa poitrine par une grosse épine. Elle répéta :

– Que fais-tu là ?

– Je… j'écoute les cours.

– Les cours sont réservés aux élèves choisis par le grand druide. Ils sont interdits à tout autre. Encore plus aux esclaves. Et encore plus aux Germains.

– Tu ne vas pas me dénoncer ! s'exclama Windus. Je suis du peuple des Éburons, nous vivons si près des Celtes que nous le sommes presque !

« Presque » ! Morgana réprima un sourire. Dans les grands yeux noisette de l'esclave, il y avait comme des paillettes d'or, et elle eut l'impression de voir à travers elles jusqu'à son âme. Sans autre raison, elle résolut de ne rien faire contre lui. Il poursuivait :

– Nous avons été vaincus par les Romains, notre roi s'est empoisonné de douleur, et Jules César nous a distribué à ses légionnaires comme butin de guerre. Voilà comment je suis devenu esclave de Licinius.

---

1. À cette époque, pantalon.

Il désigna de la main la maison de son maître, un toit de tuiles rouges tranchant avec le chaume brun des huttes gauloises, avant de poursuivre :

– À cette époque, il faisait son service militaire. Il m'a amené ici pour que j'entretienne le feu de son hypocauste… Tu sais, ces conduits d'air chaud qui passent sous le sol des maisons romaines.

Morgana haussa les sourcils avec amusement :

– Tu as décidé de parler sans arrêt pour m'embrouiller ?

Il sourit, sans s'interrompre pour autant :

– Tu ne me connais pas mais, moi, je te connais. Je t'appelle « la fille à l'oie. » (Il se reprit.) Excuse-moi, un esclave ne devrait pas…

– Morgana, c'est mon nom. (Elle montra l'oie.) Dania est née d'un œuf abandonné et je l'ai élevée. Depuis, je crois qu'elle me prend pour sa mère.

Ils rirent et, curieusement, ce fut comme s'ils se connaissaient depuis toujours. Il y avait entre eux une sorte de connivence qu'ils n'auraient su expliquer.

– Ton hypocauste, remarqua Morgana, tu ne parais pas t'en occuper beaucoup.

– Licinius est ivre du matin au soir. Et comme il préfère acheter du vin plutôt que du bois, je n'ai rien pour faire le feu, donc pas de travail. J'avoue… que j'ai oublié de le lui signaler.

Ils rirent de nouveau. Windus se tourna vers le

talus pour reprendre la flèche et resta interloqué. Elle n'y était plus ! Il regarda autour de lui avec méfiance et baissa la voix :

— Est-ce que les druides peuvent vraiment devenir invisibles ?

Surprise, Morgana répondit :

— Ils peuvent se transformer en toute chose, même en air dans l'air, en eau dans l'eau, en poussière dans la poussière.

— Et l'un d'entre vous sait dissoudre son corps ?

De plus en plus étonnée, Morgana secoua la tête :

— On ne nous l'enseigne qu'au bout de vingt ans d'études, et seulement si on est appelé à devenir grand druide.

— Parce que vous ne deviendrez pas tous grand druide ?

— Non. Celui qui préside les cérémonies et entre en relation avec les dieux doit posséder pour cela toute la science, celle de la terre et du ciel, celle du visible et de l'invisible, et connaître les sept fois cinquante récits qui font l'histoire des peuples.

Windus lui adressa un regard étonné :

— Je les connais, moi, ces sept fois cinquante récits…

— Toi ? Comment les aurais-tu appris ?

— Ici. Au début de chaque cours, le grand druide Diviciacos vous en récite un.

– Et il te suffit d'entendre les choses une fois pour les savoir ? interrogea Morgana, un peu sidérée.

Windus baissa la voix :

– Diviciacos n'a jamais expliqué comment devenir invisible, cependant il y a quelqu'un ici, et qui écoute aussi les cours.

– Tu veux dire quelqu'un d'invisible ?

Windus hocha la tête.

– C'est impossible ! Il faut une raison très sérieuse pour se métamorphoser, et seul un druide peut le faire. Or un druide n'aurait pas besoin d'espionner les cours.

– Pourtant il est là, je le sens. Et…

Il montra sa main.

– Tu veux dire… qu'il t'aurait blessé ? (Elle secoua la tête.) Non, ça ne se peut pas. Les druides ont pour devise : « Honore les dieux, exerce-toi au courage, ne fais jamais le mal. »

L'esclave esquissa un sourire.

– Tu as raison, conclut-il, j'ai dû me couper sur une pierre.

Mais il n'en croyait rien.

3
Inquiétante vision

Windus se réveilla au chant du coq, transi de froid dans sa soupente ouverte à tout vent. Seul avantage : on s'y trouvait à l'abri des rats, car ce grenier était monté sur pilotis, et le charpentier avait posé au sommet de chaque poteau une large pierre qui les empêchait de grimper.

Il serra son manteau en peau de loup sur ses bras nus et descendit l'échelle. Le jour éclairait à peine l'horizon. L'odeur des fumoirs à viande rappelait qu'on avait tué le cochon la veille. Il se dirigea vers la maison en soufflant sur ses doigts pour se réchauffer.

Dans la cuisine, la servante agitait une poêle pleine de glands au-dessus du bac à braises rougeoyant. Le voyant entrer, elle annonça :

– J'ai déjà écrasé des glands pour épaissir ton lait. Le reste, tu l'auras ce soir en galettes.

Windus remercia et s'assit devant son bol. Tout en lui versant du lait chaud sur la farine, la servante reprit :

– Ça, c'était pour les bonnes nouvelles. Pour les mauvaises, tu vas devoir t'occuper du maître, il n'a pas pu aller jusqu'à sa chambre. Il a encore avalé son vin à la celte, sans le couper d'eau !

Windus but tranquillement sa bolée avant de se décider à allumer aux braises une lampe à huile et à passer dans la salle à manger.

Le maître s'était endormi par terre, sur la mosaïque. Il allait prendre froid ! Pas question pourtant de le hisser sur la banquette, il était trop lourd. Windus étendit sur lui une couverture en peau de chien et commença à remettre un peu d'ordre dans la pièce.

Il dressa l'oreille. Une lyre sonnait quelque part, accompagnant un chant qui célébrait le lever du jour. La voix était très belle, ample et mélodieuse. C'était celle de Pétrus, un garçon aux cheveux noirs hérissés d'épis qui suivait le cours des bardes. S'il portait un nom et une tenue romaine (jambes nues par tous les temps, tunique unie et pallium[1]), il appartenait cependant à

1. Cape.

18

un peuple celtique du Sud, une région vaincue et rattachée à Rome depuis longtemps et qu'on appelait Province.

Windus songea qu'il connaissait l'histoire de tous les peuples celtes, mais qu'il lui restait beaucoup à apprendre sur la nature du monde, le mouvement des astres et les pouvoirs des druides. Comment utiliser la magie de la parole, se servir des plantes, influer sur les forces de la nature ? Il avait tant à découvrir ! Pourvu que Morgana ne le dénonce pas !

Non, il avait confiance. Si cela n'avait pas paru trop prétentieux, il aurait dit que, bien qu'il soit esclave et elle libre, Morgana était son amie. En tout cas, pour la première fois depuis bien longtemps, il ne se sentait plus seul. Pour la première fois depuis qu'il avait vu ses parents agoniser dans une mare de sang et sa sœur partir enchaînée au milieu d'une colonne de prisonniers. Quand il revoyait son dernier regard, le désespoir le suffoquait. Il avait beau se répéter que lui aussi était esclave, ça ne le consolait pas. Sa sœur était si fragile…

Parfois, pour moins souffrir, il pensait que sa beauté avait été remarquée et lui avait évité les mauvais traitements. Il l'imaginait régnant sur le cœur d'un Romain, imposant sa grâce dans une maison qui serait devenue la sienne…

Il reprit pied dans la réalité. Le chant de Pétrus s'était tu, le cours allait commencer ! Abandonnant là cruches renversées et chiffons souillés, il fila vers l'enclos sacré.

Le bruit de la porte qu'il claqua derrière lui réveilla Licinius, mais il ne s'en rendit pas compte.

Quand il arriva, une voix répondait à une question.

— Pour guérir les maladies du bétail, on coupe le gui à la pleine lune de novembre avec une faucille en croissant.

L'élève se trompait, songea Windus, il confondait avec la recette contre les poisons. Pour les maladies, il fallait choisir le gui du chêne rouvre, le seul qui soit envoyé par le ciel, l'arracher de la main gauche et le poser directement dans le bol à broyer.

Le maître rappela avec un peu d'impatience :

— Le gui peut tout, à condition qu'on sache l'utiliser ! À quoi voit-on que le gui est une plante de l'Autre Monde ?

— Parce qu'il ne pousse pas dans la terre, maître.

— Et où se trouve l'Autre Monde ?

Ce fut Morgana qui répondit :

— Le monde des morts, le Sid, se trouve au nord, là où le soleil ne se montre jamais. Le soleil reste toujours au sud, dans le monde des vivants.

Ses cheveux brillaient, elle avait dû soigneusement les enduire de beurre.

L'attention de Windus fut attirée par un morceau de bois dans le fossé. Un court bâton gravé de signes. Un bâton de sortilèges ! Ces petits traits, les *ogams*, étaient l'écriture des druides. Malheureusement, il ne savait pas les lire. Suivre les cours depuis le talus ne lui permettait pas de voir ce que montrait le maître. Qui avait pu perdre ça ici ?

Il sursauta. Une flèche venait de raser son bras, lui infligeant une nouvelle coupure. Et toujours personne dans les environs ! Il glissa vivement le bâton dans sa ceinture et, plié en deux pour n'être pas aperçu depuis l'école, fila le long du talus.

Au moment où il atteignait l'autre côté de l'enceinte sacrée, Morgana expliquait comment reconstituer le bras d'un guerrier qui l'aurait perdu au combat. Et soudain, dans un ciel tout bleu, des flocons se mirent à tournoyer. Diviciacos s'inquiéta :

– Qui a fait ça ?

Les élèves se regardèrent avec surprise, mais aucun ne se dénonça. Le druide reprit d'un air fâché :

– La magie n'est pas un jeu ! On ne doit l'utiliser que pour des raisons importantes !

Il étudia un à un les visages et parut déconcerté, comme s'il avait découvert que le fautif n'était aucune des personnes présentes.

Ils remarquèrent alors tous que des corbeaux planaient au-dessus de l'oppidum en poussant des cris lugubres.

Morgana souffla d'une voix altérée :

– Les oiseaux appartiennent à l'Autre Monde. Leur vol et leur cri permettent de prédire l'avenir…

– Nous ne l'apprendrons pas cette année, commenta le maître. Nous verrons uniquement comment appeler les oiseaux quand les sauterelles envahissent les récoltes.

Morgana semblait ne pas avoir entendu.

– Je vois… je vois la fin des druides…

Ses paroles furent suivies d'un silence de mort. Puis Diviciacos s'exclama :

– Heureusement, c'est impossible ! Les druides sont là de toute éternité et pour toute l'éternité. Ils sont le lien indispensable entre le monde des hommes et celui des dieux.

Il s'interrompit, ses yeux scrutant le visage de la jeune vate, et l'anxiété le gagna. Se redressant, il darda son regard tour à tour vers les quatre horizons. Alors le jour se changea en nuit, un éclair zébra les ténèbres et illumina la colline. Les corbeaux se dispersèrent à grands cris, la foudre

s'écrasa dans la vallée avec un craquement terrible et la grêle s'abattit sur eux. Terrifiés, tous
s'enfuirent. Seul demeura Diviciacos. Immobile,
l'esprit tendu, il fixait le ciel.

4
La baguette

Windus s'engouffra derrière les élèves dans la hutte des pensionnaires. Les chevelures ruisselaient, les braies de toile des garçons et les jupes des filles étaient crottées jusqu'aux genoux. Windus regarda autour de lui avec curiosité. On se serait cru dans la hutte de ses parents !

Contrairement à la maison romaine de son maître, il n'y avait qu'une seule pièce, immense, avec des couchettes à chaque bout, un foyer central, une table haute et des étagères portant les vêtements et les ustensiles de cuisine. Les murs étaient en terre, décorés de boucliers anciens.

– Que fait ici cet esclave ?

Gobannos, le barde qui servait de répétiteur pour l'apprentissage des textes le désignait du doigt.

Windus prit un air effrayé.

– Je… j'ai trop peur du dieu Thor quand il se fâche.

– Le dieu Thor ? Qu'est-ce que tu racontes ? Le dieu Thor n'existe pas ! Pas plus que le Jupiter auquel croient les Romains. C'est Taranis qui nous envoie l'orage !

Morgana crut bon d'intervenir :

– Windus est germain…

Elle ne précisa pas qu'il connaissait Taranis, puisqu'il assistait à tous les cours. Il jouait juste les innocents pour rester dans un endroit où il n'avait rien à faire.

Le barde ne se laissa pas attendrir :

– Sors d'ici !

– Laisse-le, intervint Morgana, il est ici parce que je l'ai loué à la journée pour m'aider. Allons, Windus, ne perds pas de temps, ranime le feu !

L'esclave ne se le fit pas dire deux fois. Il s'approcha du foyer central, simple plaque d'argile étalée sur un lit de cailloux et au-dessus de laquelle un chaudron de cuivre gardait de l'eau au chaud. Il rajouta du bois entre les chenets à tête de bélier, souffla sur les braises, et la fumée monta se perdre dans le chaume du toit.

Désignant la jarre ventrue qui servait de saloir, Morgana ajouta :

– Fais cuire de la viande pour les huit pensionnaires. Nous mangerons tous ici.

Puis elle prit place avec les autres sur les fourrures étalées sur la terre battue. Personne n'avait encore évoqué sa vision.

– L'exercice d'aujourd'hui, déclara alors Gobannos, sera de composer un poème sur la neige et la grêle, sur l'homme confronté aux forces de la nature, et sur le druide domptant ces forces.

Windus fut déçu : le barde n'envisageait pas de révéler des secrets ! Il se saisit d'un long crochet, puisa la viande dans le saloir et la glissa dans le chaudron sans un bruit pour faire oublier sa présence. Puis il s'assit dans l'ombre.

Les filles – trois élèves-vates – firent sonner les grelots de leurs bracelets pour impulser une cadence, et Pétrus improvisa sur ce rythme un air de lyre. C'était une musique extraordinairement belle et qui sembla inspirer les élèves, car ils fermèrent les yeux pour aller chercher les mots tout au fond d'eux. L'oie Dania se mit en position de sommeil, le bec sur l'aile. Bientôt, de mystérieux chuchotements montèrent avec la fumée vers le toit.

Windus avait aussi composé son poème, et il avait fini. Seulement il n'aurait pas à le réciter. Il regarda dehors. La grêle s'était transformée en pluie. Une pluie rouge comme le sang !

Devant la porte, le grand druide observait le

ciel. Puis son regard descendit vers la hutte et se fit soupçonneux. Et là, il sortit une baguette de sa ceinture et franchit la porte d'un pas décidé. Il marchait droit sur Windus ! L'esclave sentit son cœur s'affoler. La baguette que Diviciacos tendait vers lui était gravée d'ogams !

Le druide lui en toucha le front et s'immobilisa.

Une éternité passa. Enfin la baguette se retira et le grand druide quitta la hutte sans un mot. La pluie s'arrêta aussitôt et le soleil revint. Windus en resta pétrifié.

5
Les Trois

Gobannos ayant fait sonner la clochette attachée à sa ceinture, les élèves se levèrent et sortirent, sauf Morgana et Pétrus, qui restèrent s'occuper du repas.

– Alors c'est toi, l'indiscret ! s'exclama Pétrus.

Windus tressaillit. L'élève-barde poursuivit :

– D'après Morgana, tu es très doué, tu peux devenir un grand druide.

– Je suis esclave…, souffla Windus sans même l'avoir voulu.

– Oui oui, s'amusa Pétrus, je suis au courant. Ce genre de malheur peut nous arriver à tous. (Il s'agenouilla, souleva la dalle qui recouvrait le silo souterrain et y puisa une louchée de blé.) Ce qui est plus ennuyeux, c'est que tu sois germain. Parce que ça, tu auras plus de mal à t'en débarrasser que d'un collier d'esclave.

– Tu te méfies de moi ? s'inquiéta Windus.

Pétrus jeta le blé dans le bouillon en répondant :

– Tu ne connais pas mon oreille ! Surtout que tes bottes grincent comme une souris qui se fait marcher sur la queue. C'est moi qui ai repéré ta présence sur le talus, c'est moi qui ai entendu siffler la flèche qui t'a blessé, c'est moi qui ai envoyé Morgana voir ce qui se passait. Pourtant je n'ai rien dit. Si Morgana te fait confiance, je te fais confiance. (Il baissa la voix comme pour une confidence.) Sinon elle m'arrache les yeux.

Windus sourit et se détendit. Il sortit alors le bâton de sa ceinture :

– J'ai trouvé ça dans le fossé…

Intriguée, Morgana le saisit :

– Il est gravé d'ogams…

Et, subitement, elle pâlit.

– Qu'est-ce que ça dit ? s'inquiéta Windus.

– « Que la personne à qui je pense meure. » Il s'agit d'une malédiction !

Elle jeta vite le bâton dans le feu.

Ils restèrent un moment figés, craignant d'avoir activé la malédiction en la lisant.

– J'entends des pas, souffla Pétrus.

Ils sortirent de la hutte. Personne. Les pas que l'oreille de Pétrus avait décelés venaient du temple. Gobannos s'était arrêté à l'entrée et s'inclinait devant les faisceaux d'épées et les crânes fixés aux piliers de bois.

Les Trois se remirent à respirer. Le barde montait les marches et commençait à tourner dans le sens du soleil autour de l'autel de la déesse Bibracte, protectrice de l'oppidum.

Pétrus fit remarquer :

— Tu nous as fichu la trouille à tous avec ta vision, Morgana.

— Et je n'ai pas tout dit, avoua la jeune fille. La menace sur les druides viendra des Romains. Dans ma vision, il y avait ce vêtement qu'ils portent les jours de fête, vous savez, une toge.

— Eh ! réagit Pétrus. Moi aussi, je possède une toge. Je suis citoyen romain, puisque je suis originaire de Province !

— Je n'ai vu personne en particulier, je n'ai pas dit que c'était toi !

— Tu me rassures, lâcha Pétrus d'un air pourtant peu rassuré. (Il tenta de reprendre un ton léger.) Bon, il faut que j'aille faire un achat. Mon père m'a envoyé de l'argent pour mes douze ans. J'avais pensé offrir un décor doré à ma lyre, mais finalement…

On ne sut pas ce qu'il avait *finalement* décidé, car Morgana l'interrompit :

— Tu as douze ans bientôt ?

— Oui, à la fête d'Imbolc.

— Je les aurai le même jour !

Il y eut un silence, puis Windus souffla :

– Moi aussi, je suis né ce jour-là.

Ils se regardèrent, éberlués.

– Nous sommes tous trois venus au monde au même moment, chuchota Morgana, le jour de la fin de l'hiver et du renouveau de la végétation… Est-ce que cela a un sens ?

Pétrus articula pensivement :

– Trois. Nous sommes trois…

Il prit la main des deux autres et, là, ils réalisèrent qu'ils étaient cercle. Monde dans le monde. Et qu'ils s'étaient *trouvés*.

La neige s'était remise à tomber en silence. Elle déposait sa blanche froidure sur leurs cheveux, leurs épaules, leurs bras. Ils ne bougeaient pas.

Ils furent tirés en sursaut de leurs songes par un :

– Ah, te voilà, toi !

Licinius arrivait, le fouet à la main.

– Retourne immédiatement au travail, sale esclave ! Je ne te nourris pas à te prélasser dans la rue !

6
Le sauveur

Enfermé dans la chaufferie, Windus se rongeait. Les marchands de vin venant d'Italie avaient été retardés par le mauvais temps, et Licinius n'avait plus de quoi s'enivrer. Non seulement il avait retrouvé ses esprits, mais il était d'humeur massacrante, car le peu de vin qui restait sur l'oppidum se vendait à prix d'or.

Il faisait un froid glacial. Pour l'oublier, Windus traça avec son doigt sur le sol les signes druidiques figurant sur la baguette, et que Morgana avait traduits. Ils étaient maintenant gravés dans sa mémoire, et lui permettraient de comprendre comment fonctionnaient ces ogams. Bientôt, il pourrait agencer d'autres mots, et ça le consolait un peu d'avoir perdu deux jours de cours. Si le but de l'archer invisible était de l'empêcher de suivre l'enseignement des druides, il devait se réjouir.

Windus tendit l'oreille. Une voix coléreuse lui parvenait de dehors :

– Mon frère aîné fait partie du conseil de la cité. Donc on refusera que j'y entre !

– Évidemment, confirma la voix de Diviciacos, on n'y admet qu'une seule personne par famille, et c'est une sage mesure.

Windus se haussa sur la pointe des pieds et aperçut le druide en compagnie d'un adolescent vêtu d'une cape celtique – un sayon à grands carreaux multicolores –, les cheveux noués au sommet du crâne et rougis à la cendre de hêtre comme les guerriers. Celui-ci reprit :

– Dans ces conditions, je ne deviendrai jamais chef ! Alors je dois devenir druide ! Je DOIS fréquenter l'école druidique. Tu comprends, oui ou non ? Tu n'as pas le droit de m'en empêcher.

Diviciacos ne perdit pas son calme. Il questionna :

– Qu'est un druide, à ton avis, Volcos ?

– Le vrai maître de la tribu, pardi ! Tout le monde est obligé de faire ce qu'il décide. Il est très riche, il ne paye pas d'impôts, il a beaucoup de pouvoirs. Il peut rendre quelqu'un fou rien qu'en lui jetant un brin de paille au visage.

Diviciacos haussa les sourcils :

– Le druide est le gardien de la science, le garant de la justice, le guide de son peuple. Je n'instruis pas ceux dont le but est d'acquérir pouvoirs et privilèges.

Et il tourna le dos, laissant le garçon sans voix.

La scène laissa Windus songeur. Des mots lui revenaient en mémoire : « Le druide place sa baguette sur la tête de l'individu et il sait le nom de son père, de sa mère, il sait tout de lui. »

C'était cela que Diviciacos avait fait sur lui. Il avait voulu savoir qui il était, parce qu'il l'avait vu suivre les cours en cachette... et sûrement soupçonné d'être responsable des dérèglements du temps !

Finalement, le grand druide n'avait rien fait contre lui. Avait-il découvert que ses intentions étaient pures ?

Windus caressa pensivement la blessure de son bras qui commençait à cicatriser.

Il avait soif, très soif. Il ôta le couvercle de la chaudière qui fournissait l'eau de la baignoire (chaude quand il y avait du bois) et y puisa avec sa main. Le goût était infect. C'est alors qu'il entendit une autre voix, du côté de l'entrée de la maison, cette fois, et Licinius qui répondait :

– Qu'est-ce que tu lui veux, à Windus ?

– Vous l'emprunter pour porter mes paquets. Je n'ai pas d'esclave.

Pétrus ! Il y eut un silence, puis Licinius décréta :

– Pour la location, ça te coûtera une cruche de vin par jour.

C'était beaucoup trop cher ! Windus sentit son cœur se serrer. Voyant ses espoirs anéantis, il se laissa glisser le long du mur et se pelotonna sur lui-même. Il claquait des dents.

Pour oublier, il se remit à penser aux textes sacrés. Sans doute y avait-il, cachés dans leurs mots, les secrets de la métamorphose.

Il était si perdu dans ses pensées qu'il sursauta quand sa prison s'ouvrit.

Pétrus ! Il avait accepté le marché !

– Porte ça, esclave, lâcha dédaigneusement son nouveau maître en lui tendant un paquet contenant un morceau de pain fourré de fromage, et suis-moi.

– Prends aussi ce manteau, ordonna Morgana en lui posant sur les épaules son chaud cucullus de laine.

Et ils s'éloignèrent d'un pas vif.

7
L'offrande

Les Trois tournèrent vite le coin de la maison avant d'éclater de rire.

— Dépêche-toi de manger, conseilla Pétrus, tu dois mourir de faim. Et ne crois pas que je vais *te nourrir à te prélasser dans la rue* !

— Un travail à effectuer en échange, maître ? s'informa Windus avec un grand sourire.

— Tu porteras le superbe objet que j'ai commandé à l'orfèvre pour mon anniversaire.

— Quel genre d'objet, maître ?

Pétrus répliqua d'un air hautain :

— Morgana, as-tu déjà entendu un esclave se permettre de poser des questions ?

— Ça arrive quand ils ont eu trop froid et trop faim, répondit la jeune fille. Surtout les Éburons, ai-je entendu dire.

Ils s'esclaffèrent. C'était si bon d'être de nouveau ensemble !

Ils se dirigèrent vers les boutiques de luxe alignées le long du temple. On y vendait des cuivres, des bijoux en or, des perles de verre ou d'ambre, et de ces ex-voto de bronze qu'on offrait aux dieux pour les remercier de leurs bienfaits : des pieds, des oreilles, des mains, des yeux, selon la partie du corps qui avait été guérie. Mais Pétrus n'avait rien commandé de tout cela.

En le voyant arriver, l'orfèvre cessa de frapper sur sa petite enclume, activa d'un souffle les braises de son creuset pour qu'elles ne s'éteignent pas, puis sortit d'un coffret une plaque rectangulaire jaune… qui disparut aussitôt dans la ceinture du client.

Intriguée, Morgana attendit qu'ils se soient éloignés pour s'enquérir :

– Qu'est-ce que c'est ?

Pétrus vérifia qu'ils étaient seuls et ressortit la plaque dorée. Y était gravé : « Que les dieux protègent les druides. » Morgana réalisa alors que tous avaient pris très au sérieux sa prédiction. Pétrus chuchota :

– Je me suis assuré que l'orfèvre ne savait pas lire et se contenterait de reproduire mon modèle. Il ne faut pas qu'on sache que les druides sont menacés.

– Il n'a pas posé de questions ? s'étonna Windus.

– Si. Je lui ai répondu que ça signifiait : « Que les dieux me protègent des poux à deux têtes. »

Ils pouffèrent. Puis Pétrus, reprenant son sérieux. tendit la plaque à Windus :

— Porte ça, esclave.

— Eh ! Elle n'est pas en cuivre, mais en or !

— Naturellement. L'or est matière magique, la seule digne des dieux.

— Surtout du dieu des poux, je présume, plaisanta Windus. Ton père est donc si riche ? Je le croyais artisan.

— Il l'est ! C'est même lui qui a construit ce bassin.

Pétrus leur montra du doigt la grande cuve de
pierre vers laquelle ils marchaient et qui occupait
le milieu de la rue. Il poursuivait :

— Il ne peut s'empêcher de créer, l'argent
n'y fait rien. (Il eut un sourire malicieux.) Surtout quand il s'inquiète de voir son fils unique
partir pour l'école druidique. Il a persuadé la

ville qu'il lui fallait un bassin pour marquer son centre.

— Un bassin ovale, nota Windus, et qui indique par son orientation le lever du soleil au jour du solstice d'hiver.

— Tu es sacrément observateur, s'étonna Pétrus. Mon père a mis un temps fou à calculer l'axe, à déterminer la position du trou de vidange, à peaufiner chaque bloc de granit... Bref, il a tout fait pour rester ici le plus longtemps possible. Puis il a dû se résoudre à repartir... Depuis la mort de ma mère, il me couve comme un oiseau son œuf.

— Moi, j'ai perdu ma mère, commenta Morgana tandis qu'ils descendaient vers la fontaine sacrée, pourtant mon père a bien dû me laisser partir seule. Il est le grand druide de Cenabum[1], la cité ne peut se passer de lui.

— Cenabum..., fit Windus en tentant de rassembler ses souvenirs, l'oppidum des rebelles Carnutes. Les Romains ont voulu leur imposer un roi, et ce roi s'est aussitôt fait assassiner. Un chef celte ne peut être qu'élu, et seulement pour un an, César aurait dû le savoir. Il fait rechercher les assassins, mais il ne les retrouvera jamais.

— Tu as vécu à Cenabum ? s'ébahit Morgana.

Windus eut un signe négatif.

1. Orléans.

– J'apprends tout ce que je peux, partout où je passe. Cela me sert de compagnie depuis que je n'ai plus ni père, ni mère, ni sœur… (Il reprit une voix ferme.) À l'automne dernier, les druides se sont réunis dans la forêt des Carnutes et ont pris une grave décision.

Il leva les yeux et, apercevant l'adolescent aux cheveux rouges qui les regardait, il ajouta très vite :

– Vous ne devriez pas parler à un esclave dans la rue.

– C'est vrai, admit Pétrus. Mais quelle décision a-t-on prise, dans la forêt des Carnutes ?

– Je n'ai pas réussi à le savoir.

– Ça me fait peur, souffla Morgana. À cette réunion, mon père a été élu chef suprême des druides…

Ils se turent, car ils arrivaient au vaste toit abritant les bassins de la fontaine. Ils choisirent le plus discret, tout au fond, et s'alignèrent au bord. Puis chacun saisit un coin de la plaquette d'or et ils la lâchèrent ensemble.

Que les dieux protègent les druides.

La plaque alla se perdre parmi les pièces de monnaie, les assiettes de cuivre et autres offrandes.

À cet instant, leur parvint une rumeur. Elle arrivait par mille voix qui se la transmettaient de proche en proche.

8
Deux nouvelles !

L'information était partie le matin de Cenabum. De plaine en colline, de ferme en village, elle annonçait au monde que, sous la conduite des druides, la cité des Carnutes s'était révoltée. Elle avait tué l'intendant qui réquisitionnait les vivres pour l'armée romaine. À son exemple, tous les peuples voisins avaient aussitôt pris les armes et prêté serment de ne pas les lâcher avant d'avoir chassé l'envahisseur.

Cela inquiéta beaucoup Pétrus :

– Est-ce que Bibracte va entrer en guerre contre César ?

– Bien sûr que non, s'exclama Gobannos. Nous, les Éduens, sommes amis des Romains ! Quand nous leur avons demandé de l'aide contre les Germains, ils nous ont défendus !

– Sans doute que ça les arrangeait, lança une voix derrière eux.

Le barde fronça les sourcils :

– Je te croyais favorable aux Romains, Volcos !

Pour toute réponse, le jeune guerrier aux cheveux rouges gonfla ses joues et fit un bruit de vent. Gobannos grinça :

– Les Carnutes profitent de l'absence de Jules César pour se soulever, mais attendons qu'il revienne de Rome, et ils riront moins !

– Il ne reviendra pas de sitôt, ironisa Volcos. Les montagnes sont enneigées, il ne pourra pas passer. Soulevons-nous aussi !

– Nous avons un accord avec Rome ! protesta Gobannos.

– Plus pour longtemps, si les Romains commencent à vouloir faire la loi chez nous.

Un élève intervint :

– Rome est grande. Être son allié a fait de nous un peuple puissant.

– Oui, ajouta un autre. Il vaut mieux se mettre du côté du plus fort. Avec César, il y a du butin à se faire.

Morgana aperçut Windus qui s'approchait en portant une grande coupe de cervoise. Comme un serviteur zélé, il la passa d'élève en élève, proposant à chacun une gorgée. Il avait encore trouvé un stratagème pour écouter les conversations !

Le barde reprit :

— On n'a rien à gagner à se rebeller contre Rome. Les Vénètes ont tenté l'aventure il y a quatre ans, et ils ont été écrasés !

— Que mes bons maîtres m'excusent, fit Windus d'un ton modeste, les Vénètes ont été vaincus lors d'une bataille navale, parce qu'ils avaient tellement confiance dans la vitesse de leurs bateaux qu'ils s'étaient embarqués sans armes. Mais le vent a brusquement cessé de souffler dans leurs voiles, les Romains les ont rattrapés, et eux avaient des armes… Si les Celtes veulent vaincre, ils doivent s'organiser sans sous-estimer l'adversaire.

Il disparut si vite avec sa chope qu'on crut avoir rêvé. Néanmoins, on décida d'aller à la hutte du chef pour connaître la décision du conseil de la cité.

Le conseil n'avait rien décidé ! Les deux têtes de la tribu n'avaient pas réussi à s'entendre : le chef voulait chasser les Romains, le druide Diviciacos leur restait favorable. La ville en fut scindée en deux, l'école aussi.

Windus, libéré par un nouveau pichet de vin fourni par Pétrus à son maître, suivait avec intérêt les débats depuis le talus quand il entendit le sifflement caractéristique. Il porta la main à son oreille. Le lobe était fendu.

Comme d'habitude, les environs étaient déserts, et la flèche disparut toute seule du talus. Windus serra les dents. Il ne lâcherait pas prise, une blessure par jour n'était pas trop cher payé pour cet enseignement si précieux !… D'autant qu'aucune flèche ne touchait d'organe vital. Cela était aussi un mystère.

– Messager ! Messager !

Il se retourna. Une voiture légère attelée de deux chevaux débouchait de la porte sud. L'homme qui la conduisait se tenait debout, comme sur un char de combat, et poursuivait sa route sans ralentir vers la place des annonces. La ville entière s'agglutina sur son chemin, puis se mit à courir derrière lui.

Le messager arrêta son char sur l'esplanade et grimpa sur la roche d'où, depuis la nuit des temps, les orateurs s'adressaient à la population. Il semblait très énervé :

– Il y a eu un malheur ! Il y a eu un malheur ! César, qu'on croyait loin, a repassé les montagnes et a fondu sur Cenabum !

Il y eut un « Oooh » catastrophé. Le messager reprit :

— Les Carnutes n'avaient pas eu le temps de consolider leurs murailles, tout ce qu'ils ont pu faire, c'est s'enfuir pendant la nuit. (Il reprit son souffle.) Seulement le pont était étroit, et les Romains le barraient. Les fuyards qui ne se sont pas noyés ont péri sous les javelots. Les Carnutes sont vaincus ! La ville est pillée, incendiée ! César n'a laissé aucun survivant, ni homme, ni femme, ni enfant !

Un silence de mort tomba sur la place. Même ceux qui étaient favorables aux Romains avaient du mal à supporter la nouvelle. On mit du temps à se réveiller de ce coup terrible et, peu à peu, le brouhaha emplit l'espace.

Morgana était atterrée. Elle sentait la chaleur sur son visage, le bruit des combats, la peur. Elle serra sa tête dans ses mains. Cenabum brûlait ! Les enfants pleuraient, les gens criaient, les bateaux s'enflammaient dans le port ! Et son père… ?

Diviciacos lui posa la main sur l'épaule :

— Ne sois pas inquiète pour ton père. C'est un très grand druide, et la forêt des Carnutes est son royaume. Il ne se laissera jamais prendre. (Son front se plissa.) Et puis ces paroles sont-elles vérité ou cherche-t-on à diffamer les Romains ? Trouve-moi donc une bonne tige d'osier.

9
La menace

Quand Morgana revint avec l'osier, Diviciacos parlait avec le messager. Il saisit la tige qu'elle lui tendait et la tordit en un cercle parfait. Elle réalisa qu'il fabriquait un collier de justice.

– Laisse-moi te faire ce présent, dit-il au messager en le lui glissant au cou.

Le cœur battant, Morgana fixa le collier…

Il ne bougea pas. L'homme avait bel et bien dit la vérité. Visiblement déçu, Diviciacos tourna les talons.

Morgana le regarda s'éloigner avec surprise. Était-il choqué au point d'oublier ses devoirs ? Elle retint le messager :

– Ne prononce pas un mot ! Le druide me charge de t'avertir que, pour que ce collier te protège et ne se retourne pas contre toi, tu dois l'offrir à la déesse Bibracte, et cela avant d'avoir prononcé la moindre parole.

Un peu effrayé, l'homme remercia de la tête et s'éloigna au plus vite vers le temple.

Windus s'approcha et, jouant les esclaves dévoués, il prit le manteau de Morgana et s'informa :

– Que se serait-il passé s'il l'avait gardé au cou ?

– Au premier mensonge, même insignifiant, le collier de justice l'aurait étranglé.

Windus posa le manteau sur son bras :

– Cette fois, les Éduens ne peuvent plus rester neutres. Ou ils se rallient aux autres Celtes, ou ils rejoignent César. Dans tous les cas, ils devront se battre.

– Alors, qu'ils se battent contre les Romains qui assassinent nos familles et brûlent nos villes ! s'emporta Morgana. Tu as raison, il faut que les Celtes s'organisent.

Elle leva les paumes vers le ciel et pria Toutatis, dieu des tribus, de les aider. Et c'est là qu'elle aperçut dans le ciel un grand V. Un vol de canards, mené par un chef unique. Toutatis lui envoyait un signe !

À partir de cet instant, l'agitation ne cessa plus sur l'oppidum. Les forges éclairaient les ténèbres de lueurs rouges. Ici on soufflait sur les braises, on battait le fer, on aiguisait les épées, là on fixait à grands coups de marteau le cuir sur l'armature en bois des boucliers. La nuit palpitait.

En tant qu'architecte, Diviciacos avait perçu les faiblesses des remparts. La porte du nord-est, par exemple, était bien protégée par son toit et ses imposantes avancées de chaque côté, mais sa largeur était prévue pour que deux chariots puissent s'y croiser… Or, ce qui était pratique pour les habitants l'était aussi pour l'envahisseur !

Le grand druide décida qu'on devait l'abriter derrière un second rempart. En conséquence, l'école ferma : toute la population était réquisitionnée.

L'organisation ne laissait rien au hasard. Les plus costauds abattaient des troncs dans la vallée et les faisaient remonter par les chevaux. D'autres les assemblaient de manière à constituer le squelette du rempart. Pour fabriquer les clous, on construisit entre les deux murailles, dans le cimetière, des fourneaux d'argile où l'on fondit le minerai de fer rapporté des mines.

Les esclaves (dont Windus) furent conduits dans la forêt pour préparer le charbon de bois dont avaient besoin les forges. Les vieillards, les femmes, les enfants véhiculaient la terre et les pierres pour le colmatage. La seule à profiter de la situation était Dania, qui se gavait des racines ramenées avec les chargements.

Pétrus versait un seau de terre entre les poutres quand il perçut un grincement de roues, sur plusieurs tons mal accordés. Il leva les yeux vers le lointain et examina la route de la vallée.

Une file ininterrompue de chariots romains !

10

Une précieuse amulette

Depuis la forêt, les esclaves furent les premiers à voir de quoi il s'agissait. Les chariots ne semblaient pas appartenir à l'armée. Ils débordaient d'amphores. Ces Romains n'étaient pas des soldats, mais des marchands ! Le vin arrivait ! Depuis l'oppidum, on entendit des cris de joie.

Windus suivit des yeux le convoi qui approchait, attendit qu'il passe à sa hauteur… et s'empara de la bride du premier bœuf en déclarant au marchand :

– La côte est raide, je vais vous aider.

Et il entraîna les bêtes.

C'est à mi-pente que Morgana et Pétrus le découvrirent dans ses nouvelles fonctions… et ils n'hésitèrent pas un instant à lui emboîter le pas. Dania cacardait à plein gosier sa colère et sa peur, faisant écho aux exclamations excitées des enfants.

– C'est dur d'être esclave, hein ? plaisanta Pétrus. Obligé de guider les bœufs !

— Et de remonter la pente au lieu de rester tranquillement en bas, ajouta Morgana.

— Et d'user ses sandales, renchérit Windus, alors qu'il n'y a personne d'autre que soi-même pour les réparer.

Ils riaient encore quand la caravane franchit la porte et s'engagea dans le raidillon de la rue principale. Les fondeurs délaissèrent aussitôt leur forge pour entasser les lingots de métal qu'ils échangeraient contre ces amphores scellées de cire. Des femmes accoururent avec de la laine ou de la viande salée qui paierait les élégants vases de céramique et les lampes de bronze qu'elles ne voulaient pas manquer. Bientôt, arrivèrent les bergers avec leurs fromages, les paysans avec leurs légumes.

Les marchands étaient à peine en vue de la grande pâture où se déroulerait la foire que c'était la mêlée générale. On ne pensait plus à la guerre, ni à rien.

Les plus chanceux seraient comme toujours les tonneliers, qui n'auraient aucun mal à troquer leurs si pratiques tonneaux. Les charpentiers aussi seraient courtisés : les Romains raffolaient de leurs véhicules, surtout ces solides chariots à quatre roues, le *carpentum* et la *benna*. Windus, lui, ne possédait hélas pas la moindre piécette ni rien à échanger, et il regardait avec envie ces petits chevaux qui arrivaient, si semblables à ceux de son pays. Trapus, solides, infatigables. Et il s'y connaissait : son père était éleveur !

Il y avait si longtemps qu'il n'avait pas monté ! Il avait tellement envie de sentir de nouveau le contact du poil sur ses jambes, l'odeur sur ses vêtements...

Morgana s'immobilisa, effarée. Windus s'approchait d'un cheval, et elle percevait son intention ! S'il sautait sur son dos, on l'accuserait de chercher à s'enfuir et on serait en droit de le tuer ! Elle le fixa avec intensité.

Windus s'arrêta net. L'air s'était mis à vibrer. Il regarda vers Morgana avec stupéfaction, puis il finit par un geste d'excuse. Elle lui sourit et poursuivit son chemin.

Elle avait maintenant un autre souci, car sa bourse était presque vide. Or, elle ne recevrait pas d'argent de son père avant longtemps. Bien sûr, on pouvait payer avec des oies, mais il n'était pas question de sacrifier Dania. Pourtant, elle avait quelque chose d'important à acheter !

Il fallait qu'elle en parle à Pétrus. Elle chercha son ami du regard...

Windus rentrait des amphores dans la maison quand il vit Morgana et Pétrus s'approcher.

— Tiens, c'est pour toi, dit Pétrus.

Et il lui tendit une statuette représentant une femme assise sur un cheval. Windus en fut abasourdi. Il protesta :

— Elle a beaucoup de valeur, c'est du bronze plaqué de plomb, et je ne suis qu'un esclave.

— Juste, répliqua Pétrus, tu as donc doublement besoin de protection.

— Et, commenta Morgana, Épona est la déesse des cavaliers.

Windus comprit alors que l'idée venait d'elle et qu'il s'agissait bien d'une amulette.

— Comment as-tu su ? demanda-t-il. Je ne vous ai jamais dit qu'autrefois j'élevais des chevaux !

Morgana en fut troublée. Elle répondit :

— Je t'ai vu tout à l'heure les caresser. Tu avais l'air de t'y connaître.

Mais Windus ne fut pas dupe. Morgana possédait le don des vates de voir au-delà des apparences. Et ce cadeau signifiait qu'elle avait peur pour lui.

— Jurons que nous ne nous séparerons jamais, dit-elle subitement. Et que, si nous sommes un jour dispersés, nous ferons tout pour nous retrouver.

Alors Windus fut sûr qu'il allait lui arriver quelque chose. Et il songea qu'Épona, déesse à plusieurs visages, était aussi chargée de conduire les âmes vers l'Autre Monde, celui des morts…

11
Les feux de Beltaine

– Lève-toi, il faut aller chercher Windus !

Morgana secouait Pétrus, son ton était angoissé.

– … Euh… Quoi ?

– Dépêche-toi, j'ai une mauvaise intuition.

L'oie insista en plantant les dentelures de corne qui armaient son bec dans le bras du jeune barde.

– Ça va, Dania, j'ai compris ! C'est si urgent que ça ?

Pétrus se leva et jeta son pallium sur ses épaules. Morgana filait déjà vers la maison de Licinius !

La porte en était grande ouverte, et le propriétaire affalé sur le divan. Sur la table basse, au bout de sa main pendante, un gobelet d'argent renversé avait laissé une tache rouge sur le bois précieux. Ça puait le vin. D'une voix où perçait la frayeur, Morgana appela :

– Windus !

Pas de réponse. Pétrus donna un coup de pied dans les sandales du ronfleur :

– Licinius ! Je veux louer ton esclave !

– Hein ? De… Ah c'est toi !

– J'en ai besoin pour compter le temps qui passe et voir si je n'en perds pas. Je vais donc le louer un mois.

– Hein ? fit Licinius d'une voix pâteuse. Euh… Je ne crois pas qu'il serait d'accord.

– Parce que tu comptes demander son avis à un esclave ? Où est-il ?

– Ici, bafouilla Licinius en désignant l'amphore appuyée près de la porte.

Un instant, Pétrus crut que le Romain avait tué Windus et bu son sang. S'étranglant de terreur, il l'attrapa par le haut de sa tunique :

– Qu'est-ce que tu as fait ?

– … Eh ! Oh ! Qu'est-ce qui te prend ? J'ai le droit… de vendre mes esclaves comme je veux.

– Tu… Tu l'as vendu ?

– Contre cette amphore de vin.

Pétrus le fixa avec stupeur. Morgana réagit :

– À quel marchand ?

– Un qui est parti… Hier soir. Il allait… le revendre à l'armée romaine. Elle a besoin de cavaliers, et les Germains sont bons cavaliers.

– Mais Windus n'a pas l'âge de se battre !

– J'ai dit qu'il avait quatorze ans. En ce moment, les Romains ne sont pas très regardants.

Une chape de plomb tomba sur les épaules des

deux amis. Ils avaient l'impression d'avoir perdu leur plus proche parent, d'avoir été amputés d'un membre. S'ils avaient su où chercher Windus, ils auraient pris la route… Seulement il fallait y renoncer. Le plus raisonnable était de rester sur place, Windus, au moins, saurait où les trouver.

Pétrus et Morgana prièrent chaque jour les dieux de leur ramener Windus, et ils attendirent avec espoir qu'il se passe quelque chose.

Il se passa quelque chose, mais pas ce qu'ils imaginaient.

C'était lors de la fête de Beltaine, où l'on célébrait le dieu-guérisseur Belenos. Les élèves-druides étaient chargés d'accrocher le gui protecteur dans toute la ville et d'allumer les feux sur la grande pâture, car ils étaient les seuls à savoir agencer les branches de sorbier pour leur donner un pouvoir bénéfique.

Ensuite, ils guidèrent les bœufs, vaches et moutons entre les deux feux pour les préserver des maladies, puis ils prirent la tête du cortège qui devait faire le tour de la ville. Les vates étaient en manteau vert et sandales pourpres, les bardes en rouge et gris, et Diviciacos portait une longue tunique blanche, un manteau bleu bordé d'or et des sandales jaunes en peau d'agneau.

Au moment où le grand druide allait sacrifier le

traditionnel bœuf, parvint à l'oppidum une étonnante nouvelle, criée selon la coutume de lieu en lieu : Vercingétorix, chef des Arvernes, convoquait à Bibracte la grande assemblée des peuples !

Morgana en eut un coup au cœur. Vercingétorix ! Son nom commençait par un V.

V, comme le vol de canards !

Dans les jours qui suivirent, on vit débarquer les chefs de tribu en somptueux équipage, avec leur femme et leurs enfants, leur garde d'honneur, leur druide, leur barde et leurs chiens. Leur sayon volait au vent, l'or brillait à leur cou et sur leur bras, leur visage était martial.

Mais le plus impressionnant restait Vercingétorix. Quand il arriva sur son char d'apparat, ses longs cheveux rejetés en arrière, enveloppé dans un magnifique manteau couvert de médailles, on resta sans voix. Il était très grand, beau comme un dieu, et beaucoup plus jeune qu'on ne l'imaginait. Son cou était souligné par un collier d'or torsadé – un torque d'une grande richesse –, le pommeau d'argent de son épée représentait un guerrier aux bras levés.

Il parut encore plus imposant quand il monta sur la roche pour faire son discours. Debout contre le bleu du ciel, les bras croisés sur son large torse, chaque tressaillement faisant gonfler ses

muscles et jouer ses larges bracelets d'or, il paraissait invincible.

Devant lui s'étaient rangés les autres chefs, l'épée au côté, chacun encadré de deux guerriers portant son bouclier et l'enseigne de sa tribu. Le sanglier de bronze représentant des Éduens fut placé au centre, puis les carnyx – ces hautes trompettes à gueule d'animal – se dressèrent au-dessus de la foule et poussèrent ensemble leur saisissant rugissement.

Dans le silence revenu, le chef arverne clama :

– Mes amis, le temps est venu ! Le temps de nous unir. Vous les Sénons, les Parisii, les Pictons, vous les Rutènes… (il nomma un à un tous les peuples présents), car l'ennemi est chez nous. L'ennemi absolu. Un ennemi qui n'a rien à voir avec nos adversaires ordinaires, ceux des querelles de voisinage, des guerres intestines, ni même avec les Germains qui viennent nous piller et repartent chez eux. Non, celui-là veut s'approprier nos terres, nous asservir, nous enchaîner pour toujours !

Il y eut des murmures.

– Aujourd'hui, reprit-il, c'est pour notre survie que nous devons nous battre. Finies les timides révoltes contre les prétentions romaines ! Finies les protestations individuelles ! Il est facile à César d'écraser une tribu, il lui sera moins facile d'écraser tout un peuple ! Il est fort ? Il faut que nous soyons plus forts que lui. Il faut que nous nous unissions !

Il y eut une clameur, et les carnyx se remirent à hurler.

Quand le calme fut revenu, un chef intervint :

– Sommes-nous vraiment *un* peuple ? Nous sommes *des* peuples, même si nous sommes tous celtes. Chacun a ses coutumes, ses lois, ses dieux. Et chacun tient à sa liberté.

– Quelle liberté ? Celle d'adopter les coutumes des Romains, les lois des Romains, les dieux des Romains ? C'est ça la liberté ? Vous préférez être gouvernés par des étrangers ? Regardez la Province, qui plie aujourd'hui sous le joug de Rome. C'est de cela que vous rêvez ? Unissons-nous, et nous jetterons l'envahisseur hors de nos frontières. Vous êtes des hommes libres, nés pour commander, pas pour obéir !

Il y eut un court silence, puis les chefs frappèrent le pommeau de leur épée contre leur bouclier en une longue ovation. Ils défendraient leur territoire ! Tous ensemble derrière Vercingétorix ! Pour la première fois, ils se sentaient un seul peuple.

Pétrus en fut désespéré. Il allait y avoir la guerre ! Or il était citoyen romain, Morgana était celte, Windus germain et enrôlé dans l'armée de César…

12
Le grand roi des guerriers

Les chefs étaient assis autour du feu, leur bouclier ovale illuminé de couleurs dressé derrière eux, tenus par leur servant d'armes. L'heure n'était plus aux discours, on piochait dans les plats débordant de charcuterie et on faisait passer de la cervoise dans le crâne doré d'un valeureux ennemi.

Pétrus et Morgana s'étaient assis derrière les chefs pour ne rien perdre de la conversation. Aussi ils entendirent Vercingétorix déclarer à leur chef :

— Nous, les Arvernes, et vous, les Éduens, nous sommes les peuples les plus forts. Si l'un de nous deux manque à l'union, il donne la victoire à César. Aidez les Romains, et ils nous écrasent. Abandonnez-les, et ils quitteront nos terres. Nous nous sommes souvent heurtés, mais il est temps d'oublier nos querelles.

– Il y a des réticences chez nous, répondit leur chef. Notre druide est un ami personnel de César.

Vercingétorix se tourna alors vers Diviciacos et, sortant une pièce de sa ceinture, la lui tendit. C'était un denier d'argent gravé DUMNORIX. On y voyait un guerrier tenant l'enseigne des Éduens.

– Le chef Dumnorix était ton frère, dit-il. Souviens-toi de sa mort.

Le druide sembla un instant troublé, et le silence gagna l'assemblée. Vercingétorix savait ce qu'il faisait en parlant de l'ancien chef, le fier, le généreux Dumnorix. Tous l'admiraient. Il s'était révolté contre César, et César l'avait tué. Il était mort en criant qu'il était libre, d'une cité libre ! Tous avaient encore ce cri dans l'oreille.

– Mon frère avait rompu notre pacte avec les Romains, répliqua enfin le druide.

– Tu veux dire qu'il a refusé de se mettre au service de l'envahisseur !

– Un accord est un accord ! Moi, je ne suis pas un traître. Peux-tu en dire autant ? Ne trahis-tu pas ton propre peuple en exigeant qu'il brûle ses récoltes ?

– Si les légions romaines ne trouvent rien à manger, elles s'en iront.

– Et le peuple, que mangera-t-il ?

– Si ses récoltes restent là, lui ne sera plus là pour les manger ; les hommes auront été égorgés, les femmes et les enfants emmenés en esclavage. Demande à ceux d'Avaricum[1], qui ont refusé d'incendier leur ville et de fuir...

Il tendit la main vers son barde, qui prit aussitôt sa lyre. L'homme commença par chanter la valeur de son chef, mettant tour à tour en avant chaque partie de son nom – *Ver* (grand), *cingéto* (guerriers), *rix* (roi) – pour conclure que ce « grand roi des guerriers » était assurément un homme plein de sagesse et de gloire, et qui ne craignait personne.

Il enchaîna sur la complainte d'Avaricum, la cité qui se croyait à l'abri sur sa colline au milieu des marais et n'avait pas écouté les paroles d'or qui tombaient de la bouche du grand chef. La cité s'était battue avec un farouche courage, mais la volonté du conquérant était plus farouche encore : malgré la pluie et le froid, il était monté à l'assaut des puissantes murailles. (Le barde joua quelques notes.) Avaricum n'était plus. Ses quarante mille habitants, hommes, femmes, enfants, tous massacrés. Non seulement ils ne mangeraient jamais les vivres dont ils n'avaient pas voulu se séparer, mais ceux-ci avaient permis à César de s'installer chez eux.

1. Bourges.

Il y eut un silence glacé. Pétrus prit alors à son tour sa lyre et en pinça les cordes avec tant d'émotion qu'à la lueur des flammes les larmes ruisselèrent sur les visages. Quand sa dernière note s'éteignit, on resta un moment sans pouvoir bouger ni prononcer un mot. Puis chacun se leva et regagna son camp en silence.

Pétrus et Morgana passèrent la nuit au temple, à prier pour que les dieux de la guerre – le Romain Mars, le Celte Toutatis et même le Germain Wotan – trouvent une solution pour renvoyer César chez lui sans mettre le pays à feu et à sang.

Au matin, une atmosphère pesante régnait sur l'oppidum. Ils reconnurent la voix du barde Gobannos venant de la hutte voisine :

– Tu es fou, Volcos ! Tu veux t'engager dans l'armée de l'Arverne ?

– Avec mon frère. Lui aussi veut se battre contre les Romains, et il est le chef de la cavalerie ! Tous les chefs se rallient à Vercingétorix. Est-ce que les Éduens seraient les seuls à préférer l'étranger à leurs frères de sang ?

– Les Romains sont nos frères ! Et tu as tout à gagner en les soutenant !

– Utilise tes pouvoirs pour me persuader, ricana Volcos. Tu es barde, non ?

– Les pouvoirs druidiques ne doivent pas

intervenir dans la guerre, tu le sais. La loi est qu'il y ait des vainqueurs et des vaincus.

– Moi ? Je ne sais rien. Je ne fréquente pas l'école druidique !

La voix moqueuse de Volcos s'éloignait. Dans le silence qui suivit, on entendit des pas.

– Tu es la dénommée Morgana ?

Deux guerriers armés jusqu'aux dents fixaient la jeune fille avec sévérité.

– Tu as été désignée par ton peuple comme otage pour garantir sa neutralité.

Et, sous les yeux effarés de Pétrus, ils la saisirent chacun par un bras et l'emmenèrent.

13
L'otage

Quand Morgana quitta l'oppidum à cheval entre deux Arvernes, elle aperçut Pétrus qui fendait la foule pour s'approcher. Mais l'escorte réagit à son costume romain et le repoussa violemment. Il tomba en arrière, manquant de peu d'être piétiné par les chevaux.

Morgana en eut le souffle coupé. Elle le vit lever dans sa main un cylindre doré et, l'instant d'après, elle sentit quelque chose lui enserrer le bras.

Un bracelet d'or. Magnifique. Si large qu'il lui couvrait l'avant-bras. Pétrus la contemplait avec un sourire émerveillé ; c'était la première fois qu'il réussissait un transfert ! Ils ne se lâchèrent plus du regard jusqu'à ce que la colonne disparaisse par la porte des remparts. Alors l'oie se mit à pousser des cris à déchirer le cœur.

Morgana se mordit les lèvres pour s'empêcher de pleurer et se concentra sur le bracelet. Il était orné en haut et en bas de motifs d'émail rouge et gravé au centre du dieu à ramure de cerf, Cernunnos, entouré de serpents à tête de bélier. Pétrus avait choisi un motif représentant le renouveau de la nature, le moment de leur naissance ! Le chagrin la suffoqua. Pour la première fois, elle se sentit atrocement seule. Ils avaient été un, et ils redevenaient trois. Trois solitudes.

Une ombre voila le soleil, et Morgana se crispa. Vercingétorix chevauchait à ses côtés ! Il contemplait sans rien dire le paysage dévasté par le feu : pour chasser les Romains, on avait tout brûlé.

De temps à autre, il saluait les nouveaux guerriers qui rejoignaient sa troupe. Il y en avait tant, tout au long du chemin, que des centaines d'enseignes différentes oscillaient maintenant au-dessus de l'armée : ours, taureaux, chevaux, sangliers…

Les cavaliers avaient suspendu à leur selle des têtes d'ennemis vaincus pour s'approprier leur courage, et ceux qui allaient à pied – les fantassins – avaient gravé sur leur lance des signes magiques. Épée à droite, bouclier à gauche, tous avaient fière allure. Les tuniques de mailles métalliques côtoyaient les sayons multicolores, les casques à protège-joues alternaient avec les cheveux rougis pour effrayer l'ennemi.

– Il paraît que tu es élève à l'école druidique ?

Morgana sursauta. Le chef lui parlait ! Elle répondit dans un souffle :

– Je suis le cours des vates.

Il hocha la tête.

– Moi aussi, j'ai reçu l'enseignement des druides. Malheureusement, pas les vingt années qui m'auraient éclairé. Je ne possède aucun pouvoir.

Il lui sourit, un sourire chaleureux qui fit fondre ses dernières réticences. Elle rectifia :

– Tu te trompes. Tu as appris l'art de la parole, et c'est grâce à cela que tu as rassemblé les peuples pour la première fois de leur histoire.

Vercingétorix la considéra avec intérêt.

– C'est encore douteux pour les Éduens, remarqua-t-il. Et il paraît que César leur a demandé des cavaliers en renfort. J'espère qu'ils ne les lui enverront pas, car s'ils me trahissent, tu meurs.

Morgana secoua la tête.

– Tu t'es fait berner, grand roi des guerriers. Je ne suis pas éduenne. Que tu menaces ma vie n'influencera pas leur décision.

Vercingétorix s'emporta :

– Tu n'es pas la fille du grand druide ?

– Si. Du grand druide… des Carnutes.

– Des Carnutes ? Les Éduens me livrent en otage un membre d'un peuple ami !

Morgana le rassura :

– Ils ont voulu garder leur liberté, parce que leur

chef t'est favorable mais pas leur druide. Cela ne veut pas dire qu'ils te trahiront.

– Je l'espère bien !

Il s'interrompit, distrait par l'agitation qui gagnait la colonne. On arrivait à la rivière Allier et, sur l'autre rive, marchait une autre armée. Rouge. Très différente de la leur. À pied, ordre parfait, même cotte de mailles, même tunique, même bouclier, même casque. Le tout sous une forêt de lances. Les légions de César !

– Parfait, s'amusa Vercingétorix. J'aime les avoir à vue. Et impuissants, car ils ne passeront pas la rivière, j'ai fait couper tous les ponts.

Les deux armées, comme deux fleuves colorés escortant la rivière grise, s'écoulaient à la même vitesse en se criant des insultes – que ni les uns ni les autres ne comprenaient. Le temps passant, l'angoisse de Morgana grandissait. Enfin, n'y tenant plus, elle chuchota :

– Les Romains sont de moins en moins nombreux, chef.

Vercingétorix la regarda avec surprise. Il avait trop fréquenté les druides pour ne pas reconnaître l'expression qu'il lisait sur son visage. Il la rassura :

– J'ai des éclaireurs en avant. César ne peut pas envoyer des hommes construire un pont sans que j'en sois prévenu.

– Je crois plutôt… que certains se sont arrêtés.

– César en aurait laissé en arrière ? Alors… son projet est de construire un pont dans notre dos, puis de faire demi-tour pour franchir la rivière ! Par Toutatis, il cherche le combat en terrain découvert, où il aurait la supériorité !

Il se dressa et fit un grand signe du bras aux chefs de tribus.

– Gagnons Gergovie au plus vite !

14
Les tablettes

César enrageait. Il ne comprenait pas comment ces maudits Gaulois avaient deviné qu'il construisait un pont, en tout cas ils avaient filé d'un coup se mettre à l'abri à Gergovie, l'oppidum des Arvernes. Et maintenant, ils le narguaient depuis leurs remparts, là-haut !

Ses yeux revinrent vers son propre campement, qui se montait autour de lui. Il aperçut une chose qui l'intrigua.

– Qui est ce prisonnier ?

– On l'a acheté à un marchand d'esclave, César. C'est un cavalier germain.

– « Cavalier » ! Comme tu y vas ! Qu'il sache monter à cheval, je veux bien le croire, mais je recherche des GUERRIERS ! Ton Germain n'a même pas un poil au menton !

Windus jeta un bref regard au général romain. Élégamment drapé dans sa toge, rasé de près et même épilé, il dégageait une impression d'intelligence et d'autorité. Le genre d'homme qui sait qu'un peuple vaincu finit par se soumettre, mais qu'on ne peut jamais faire confiance à un peuple écrasé… Or, Windus était de ceux-là. Il ne devait surtout pas révéler qu'il était éburon !

D'un geste machinal, le général passa la main sur son crâne dégarni pour ramener vers l'avant ses rares cheveux.

— Affecte-le au ramassage des morts. Et trouve-moi un secrétaire d'urgence.

Le « ramassage des morts » ?

— Je sais lire et écrire, lâcha précipitamment Windus, espérant éviter l'horrible corvée.

César l'observa de ses yeux vifs, puis déclara :

— Je déteste perdre du temps pendant mes déplacements et je dois poursuivre le récit de cette guerre. Malheureusement, mon secrétaire a été tué.

Windus n'avait jamais écrit que des chiffres et des noms de clients, cependant il avait lu des lettres reçues par Licinius. Il espérait que ça suffisait comme apprentissage.

— Reste à savoir si tu es capable d'écrire à cheval, poursuivit César.

Il se hissa en selle et ajouta :

— Fais comme moi.

Et, croisant ses bras dans le dos, il démarra au galop.

L'autre animal disponible n'avait pas de selle, mais c'était sans importance. Windus s'accrocha aux crins, donna le signal du départ par un cri bref et, courant à côté de l'animal, profita de sa vitesse pour bondir sur son dos. Puis il croisa ses bras derrière. Il avait passé son enfance à cheval, rien ne lui faisait peur.

Un instant, il oublia tout. Qu'il était loin de ses amis, qu'il était éburon et coincé dans l'armée romaine. Suivant à la trace le général, il effectua sans problème le tour du camp.

Pour finir, César ralentit, sauta de sa monture et observa l'arrivée de l'esclave.

— Tu es engagé, décréta-t-il. Qu'on lui donne des tablettes et un style.

Et Windus se retrouva avec un bloc de bois et une tige de fer dans les mains. Lui qui n'avait jamais écrit qu'avec un clou sur de l'argile !

Il se demandait comment utiliser ça, quand le bloc s'ouvrit en deux. Il s'agissait de deux tablettes enduites de cire, reliées par une bande de cuir !

— Note d'abord une chose que j'ai oublié et que j'ajouterai au tout début de mon récit, reprit César. « La Gaule est divisée en trois parties, l'une est habitée par les Belges, l'autre par les Aquitains, la troisième par le peuple qui, dans sa langue, se nomme Celte, et, dans la nôtre, Gaulois. »

Windus grava les mots dans la cire.

Le général regarda vers l'oppidum des Arvernes d'un air soucieux, puis ajouta :

– Laisse un blanc et reprends plus bas le récit d'aujourd'hui. « Vercingétorix établit un camp devant la ville, sur la pente… D'autre part, il fit occuper par ses troupes tous les sommets de la chaîne de collines, si bien que le spectacle qu'elles offraient était terrifiant. »

Refermant les tablettes pour protéger le texte, Windus commenta :

– Un assaut serait effectivement difficile.

Le regard d'aigle le transperça. Un instant, il crut qu'il allait être renvoyé au ramassage des morts, cependant César conclut :

– Qu'on change son collier d'esclave et le mette à mon nom.

Le nouveau collier de Windus (qui annonçait : « J'appartiens à Caius Julius César. ») était plus beau que le précédent et irritait moins le cou – autant voir le bon côté des choses. L'esclave du général retrouva son maître au même endroit, les mains dans le dos, à étudier la situation.

– Note sur tes tablettes, reprit celui-ci, que je fais construire deux camps face à l'ennemi. Celui où nous sommes et un petit, plus près de l'oppidum. Les deux seront reliés par deux fossés qui permettront de circuler à l'abri. Nous y arriverons malgré les difficultés, malgré les attaques de ces maudits Gaulois qui, de jour, surgissent sans prévenir et abattent nos ouvriers et, de nuit, sapent nos terrassements et assaillent nos palissades de flèches enflammées… (Il fronça les sourcils.) Tu n'as pas pris de notes ?

– J'attendais que tu aies fini, général, pour choisir la taille de caractère permettant de tout écrire sur la même tablette.

– Tout ? Mais comment vas-tu t'en souvenir ?

– M'en souvenir ?

Et, devant César stupéfié, Windus répéta mot pour mot le texte.

Il fut interrompu par un messager qui arrivait, crotté de boue jusqu'aux yeux.

– Les Éduens ont pris la route ! Ils se rallient à Vercingétorix !

– Par Jupiter ! s'emporta César. Ces traîtres finissent toujours par donner raison au dernier qui parle ! Il faut les intercepter et les convaincre de changer de bord. Quatre légions avec moi ! Deux resteront ici. Toi, Windus, tu viens. Tu consigneras ce que tu vois et entends.

15
Le vent druidique

Dans le soir tombant, les armées se faisaient face. Les légions de César impeccablement rangées derrière leurs grands boucliers, les cavaliers éduens en groupe compact, se haussant sur leur selle pour tenter d'apercevoir les chefs qui parlementaient.

Windus les observait, les chefs. Il les avait tous vus au moins une fois et se souvenait de chacun. Et là, il en manquait, c'était certain. Où étaient les autres ?

Il finissait de noter les paroles de César quand il y eut soudain de l'agitation. Un cavalier se frayait un passage dans la foule sur un cheval qui semblait exténué.

– Général, pendant que tu parlementes ici, une autre armée éduenne a rallié Gergovie ! Dix mille hommes attaquent tes camps ! Tes légions sont en train de lâcher prise.

– Maudits Gaulois ! s'écria César. Demi-tour, on rentre !

– La nuit va tomber, lui fit-on remarquer.

– Justement, lâcha-t-il, ils ne nous attendent pas. Nous serons là-bas avant le lever du soleil. Suivez-moi !

Et il descendit de cheval pour aller à pied comme ses hommes, et que ceux-ci ne puissent pas l'accuser de leur en demander trop.

Le jour n'était pas levé qu'ils étaient devant Gergovie. Pendant sa longue marche, César n'avait pas perdu de temps, il avait organisé son attaque du matin. Aussitôt arrivé, il ordonna à tout son monde – serviteurs, muletiers, cuisiniers – de se déguiser en soldat. Puis il les envoya contourner l'oppidum pour attirer les Gaulois de l'autre côté.

Pendant ce temps, les vrais légionnaires gagnaient le petit camp par le fossé de communication et ressortaient à l'autre bout pour monter à l'assaut du poste avancé situé au pied de l'oppidum.

Les Gaulois étaient tombés dans le piège ! Le poste était presque désert !

– Parfait, lâcha César avec amusement. Nous tenons la place. Écris, Windus : « Comme il avait atteint le but qu'il s'était proposé, César ordonna de sonner la retraite. »

Windus crut avoir mal compris.

– Sonner la retraite, général ?

– Oui. Il serait risqué de monter à l'assaut de l'oppidum maintenant. Vercingétorix va comprendre le piège et revenir au grand galop de ce côté-ci. Or mes fantassins ne sont pas en mesure de soutenir une attaque de cavalerie.

Windus demeura pensif, puis il tourna discrètement ses paumes vers le ciel et referma en pointe le bout de ses doigts…

Il connaissait les gestes de *l'incantation par le bout des doigts*, sans malheureusement savoir par quels mots ils devaient être soutenus.

Il repassa à toute vitesse dans sa mémoire la totalité des textes sacrés et sélectionna : « Le poète regarde l'homme, et il compose une strophe à son sujet sur le bout de ses os. » Ça pouvait correspondre, si « os » désignait bien le bout des doigts. Composer une strophe…

Il pensa alors à la formule inscrite sur le bâton druidique et tenta : « Que les personnes auxquelles je pense… soient frappées de déraison. »

Il avait à peine fini que César s'exclama :

– Mais que font-ils ? Mes hommes continuent de progresser vers l'oppidum !

Windus en fut ébahi. Ça avait marché !

Un homme portant un casque à panache – un centurion – cria :

– Général ! Les Gaulois ont compris le piège et ils reviennent !

Il pointait son cep de commandement vers la nuée de cavaliers dévalant les pentes.

– Trompette, ordonna César, sonne la retraite ! Vite !

Le sourire de Windus s'effaça. Son sortilège n'aurait guère eu de poids, puisqu'un ordre de César pouvait le contrer !

Il dressa soudain l'oreille. Un vrombissement emplissait l'air. Sans qu'on sente le moindre souffle, tout se mit à voler comme s'il y avait tempête. Un vent druidique !

Le son de la trompette fut balayé. Aucun légionnaire n'entendit l'ordre de repli, tous continuèrent à s'engouffrer par la brèche ouverte dans le rempart.

En voyant surgir des cavaliers sur leurs arrières, ils crurent qu'il s'agissait d'Éduens qu'ils avaient convaincus de les rejoindre… Ils n'eurent pas le temps de se remettre de leur erreur que les javelots s'abattaient sur eux.

Ce fut la débandade. Les hommes tombaient comme des mouches. Les cavaliers étaient trop rapides pour eux et frappaient d'en haut.

Windus ne suivait plus la bataille. Il respirait le parfum qui flottait dans l'air. Morgana ! C'était le sien ! Il regarda vers l'oppidum avec incrédulité. Elle était là-haut. Il ne savait par quel incroyable hasard, mais Morgana était à Gergovie. Et elle avait levé un vent druidique !

Des clameurs de joie montaient de l'oppidum pour fêter la victoire, et César était furieux. Il avait perdu des centaines d'hommes et ne comprenait pas pourquoi. N'avaient-ils pas entendu sonner la retraite ? Il grommela :

– Nous n'arriverons pas à prendre la forteresse d'assaut, et l'armée gauloise est de plus en plus nombreuse. Mieux vaut nous replier. On lève le camp.

Windus n'en crut pas ses oreilles. La guerre était finie, les Romains quittaient la Gaule ? C'était parfait, mais ce serait sans lui. Il allait profiter de la débâcle pour s'éclipser et rejoindre Morgana.

– Windus, lâcha alors César, reste près de moi. En chemin, je te dicterai le récit de cette affaire. Nous n'avons été battus que par la traîtrise des Éduens, il faut le faire savoir !

16
Adresse douteuse

À Bibracte, les élèves travaillaient avec Goban-nos l'art de la louange, quand Pétrus entendit résonner le sol. Des notes répétées, trahissant une colère contenue. Dania qui, depuis le départ de Morgana, avait été nommée mascotte de l'école, poussa un cri. Le chef ! Il marchait droit sur eux !

– Les Romains assiègent Gergovie, cria-t-il au barde, nos guerriers sont partis combattre aux côtés des Arvernes, et tu admets à l'école un citoyen romain !

Pétrus crut que son cœur s'arrêtait. « Citoyen romain » ! Le chef finit en tendant le doigt vers lui :

– Toi, tu rentres chez toi.

Sous le choc, Pétrus se leva et recula. Sa gorge

était nouée, il ne pouvait plus respirer. Il entendait Gobannos protester, mais sans comprendre ce qu'il disait. Une seule chose était claire : Windus se trouvait chez César, Morgana avec Vercingétorix, et lui était exilé en Province... Pourquoi le destin qui les avait réunis avait-il changé d'avis ? Il sentit les larmes lui monter aux yeux.

C'est à travers leur brouillard qu'il aperçut Licinius s'affairant à remplir un chariot. Bien sûr, l'ancien maître de Windus était encore plus romain que lui ! D'ailleurs, il portait aux pieds des *caligae*, ces sandales à grosses semelles de l'armée... De l'armée ROMAINE ! Pétrus reprit ses esprits et courut vers lui.

– Tu pars, Licinius ?

– Oui. Je préfère encore les incertitudes de la route à la certitude du bûcher ici.

Sous la bâche, il avait entassé tout le barda du légionnaire : tunique rouge, glaive, bouclier, cotte de mailles, casque, sac, gourde, casserole, hache, pelle...

– Tu rejoins l'armée ?

L'autre haussa les épaules.

– Je n'ai plus d'argent, un peu de butin ne me fera pas de mal.

C'était donc bien ça, il partait ! Pétrus fila à sa hutte, décrocha un des boucliers qui la décoraient et en ouvrit l'umbo. Ce renflement métallique central était utile pour protéger la main, mais pas seulement. On pouvait y dissimuler des choses, par exemple des pièces de monnaie…

Pétrus souleva la bâche du chariot et regarda au-dehors. Après des jours et des jours de voyage, à se faire écorcher les oreilles par les fausses notes des grincements de roues, il se trouvait enfin dans le camp romain. Heureusement, il n'avait pas souffert de la faim : il s'était servi dans les réserves du propriétaire.

– Qu'est-ce que tu fiches ici ?

Licinius venait de découvrir son passager clandestin !

Sortant pour s'étirer, Pétrus demanda :

– On est à Gergovie ?

– Gergovie ? Tu es fou ! Je veux bien rejoindre l'armée romaine, mais pas là où elle fait face au peuple gaulois tout entier.

Suffoqué, Pétrus regarda autour de lui. Le camp

était établi au bord d'un fleuve, en face d'une île où un oppidum brûlait.

— On est à Lutèce[1], précisa Licinius. On arrive toutefois un peu tard, il n'en reste rien. Désolé de ne pas t'avoir mené où tu voulais. (Il ricana.) J'avais mal entendu ta destination. Pour le voyage, ça fera vingt deniers.

— Quoi ? Moi qui me suis sacrifié pour t'accompagner sur les routes ?

Licinius l'attrapa par le haut de sa tunique et, hélas, il était le plus fort. Pas question néanmoins pour Pétrus de lui laisser voir l'argent qu'il dissimulait dans l'umbo de son bouclier. Il détacha son beau ceinturon à clous émaillés de rouge et le lui donna en paiement tout en s'assurant :

— César n'est donc pas ici...

— Ces légions sont commandées par Titus Labienus. Aux dernières nouvelles, César file vers la Province.

La Province ! Pétrus se serait fichu des claques.

Un centurion à jambières de métal cria à Licinius :

— Dépêche-toi, légionnaire ! Mets ton chariot avec les autres et rejoins ta centurie !

— Rassemblement ! confirma un porte-enseigne au casque couvert d'une peau de loup.

1. Paris.

Sa voix ne pouvant dominer le brouhaha de milliers d'hommes, il emboucha un cor et souffla un grand coup. Un son horrible, à vous rendre plus sourd qu'un bloc de granit. Devant les grimaces horrifiées, il grommela :

— Bon, ça va, je remplace le corneur qui s'est fait tuer. Je n'ai rien demandé, moi !

Et il leva au bout d'une hampe l'enseigne de sa légion (une aigle de bronze) pour indiquer sa position.

En réponse, se dressèrent des enseignes en forme de main qui flottèrent un moment au-dessus de la foule en un étrange ballet avant de s'immobiliser çà et là, marquant le point de ralliement des deux cents hommes de chaque *manipule*. Pétrus en profita pour s'éclipser. Du moins, il essaya.

— Hep ! Qu'est-ce que tu fais, toi ?

Le centurion lui agrippait l'épaule.

— Euh… J'ai accompagné mon oncle jusqu'ici et je m'en retourne chez moi.

L'autre se rendit compte de sa jeunesse, car il approuva :

— File ! La guerre, c'est pas pour les gamins. Surtout qu'on doit rejoindre César à marche forcée.

Pétrus, qui levait le pied pour filer, le reposa illico et fit volte-face :

– En fait, j'étais venu m'engager. Malheureusement vous n'avez sans doute pas besoin d'un corneur…

– Un *corneur* ? répéta l'autre, stupéfait.

– Je suis très bon musicien, affirma Pétrus.

Il n'avait pas touché un cor de sa vie, mais ça ne devait pas être plus difficile que la lyre.

17

Mauvais pressentiment

César avait fui, les camps romains étaient vides et Morgana en profitait pour cueillir des plantes médicinales sur les pentes de Gergovie. Il y avait tant de blessés à soigner ! Heureusement, la guerre était finie. Elle allait retourner à Bibracte retrouver Pétrus, et le repli des Romains permettrait peut-être à Windus de fausser compagnie à César.

Elle en était là de ses réflexions, quand une immense clameur s'éleva de l'oppidum, suivie du vacarme des épées qu'on frappait sur les boucliers. Un lièvre jaillit des broussailles, effrayé. Morgana suivit des yeux sa course folle, et un affreux pressentiment la gagna. Elle escalada vivement la pente, franchit la haute porte et se précipita vers la place.

Dans un brouhaha joyeux, les cavaliers prêtaient le serment sacré de ne pas s'abriter sous un toit, ne pas s'approcher de leurs parents, ni de leur femme, ni de leurs enfants, tant qu'ils n'auraient pas traversé deux fois à cheval les rangs ennemis. Morgana se fraya un chemin dans la foule. Vercingétorix déclarait :

– Profitons du moment où les Romains sont en marche et embarrassés par leurs bagages pour attaquer. Je propose une embuscade. Nous avons quinze mille cavaliers, nous pouvons tomber par surprise sur toute la longueur de leur colonne en même temps ! On vise d'abord les chariots de nourriture et de matériel. Sans eux, une armée n'est rien.

Il y eut de nouveau une bruyante ovation, et Morgana en profita pour se glisser près de lui.

– Les Romains sont en fuite, souffla-t-elle, hors d'haleine. Laisse-les s'en aller.

Le chef eut un mouvement de surprise, puis fronça les sourcils. Regrettant d'avoir parlé sur un ton de commandement, Morgana ajouta vite :

– Les signes ne sont pas bons.

– Pas bons ? Mes druides disent le contraire !

– Peut-être que les temps changent, chuchota-t-elle. On n'a plus affaire au même type d'ennemi, on ne doit plus interpréter les présages comme avant.

Contrairement à ce qu'elle craignait, Vercingétorix ne se moqua pas d'elle ni de son jeune âge. Il se contenta de chuchoter :

— Si nous laissons les Romains partir, ils reviendront encore plus nombreux, et la guerre ne finira jamais.

Il éprouvait le besoin de lui donner des explications ! Morgana fut poussée de côté, et elle entendit :

— Les filles sont de sacrées trouillardes.

Volcos !

Elle répliqua :

– La vie est trop précieuse pour la gaspiller.

– Qu'est-ce que tu racontes ? Mourir à la bataille, c'est s'assurer la gloire !

Elle haussa les épaules.

– Tu peux toujours parler, tu n'as pas l'âge de te battre. Sauf si tu tiens à mourir avant d'avoir de la barbe.

— Et alors ? Mon âme passerait dans un autre corps.

— Tu n'as pas usé le tien, que je sache.

Volcos approcha la main de la joue de Morgana :

— Tu as peur pour moi ?

Elle le repoussa avec dégoût. Il ajouta d'un ton menaçant :

— Tu préfères le petit barde de l'école druidique, ou cette saleté d'esclave germain ?

Suffoquée qu'il la connaisse si bien, elle répondit :

— Ils sont comme mes frères…

Et elle se sentit envahir par un terrible désarroi. Il fallait qu'elle les retrouve ! Elle regarda d'instinct vers la porte de l'oppidum. Un cavalier quittait la ville sur un cheval pie. Il était loin, mais elle eut l'impression qu'elle le connaissait.

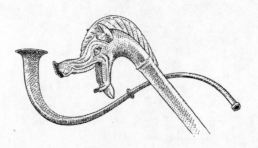

La tablette posée sur un bras, Windus inscrivait dans la cire les mots de César. Heureusement qu'il était accoutumé à guider son cheval d'une simple pression des jambes, car le général était infatigable, autant pour chevaucher que pour dicter. On avait déjà rempli des montagnes de tablettes.

Il regarda vers le ciel. Comment filer ? Il aurait tant voulu qu'arrive la pluie qui démoralisait les armées, dissolvait le paysage et agglutinait les soldats sous les tentes. Alors il aurait peut-être une chance.

Ses yeux s'agrandirent de stupeur. De l'horizon, des nuages arrivaient, envahissant le ciel à toute vitesse.

– Un beau déluge se prépare à nous tomber dessus, grommela César. Arrêtons-nous à ce village.

Le cœur de Windus bondit. S'ils dormaient dans des maisons, il pourrait facilement se cacher et laisser l'armée repartir sans lui...

Hélas, César ordonna :

– Qu'on dresse les tentes, nous laisserons les maisons aux blessés.

Une heure après, les tentes étaient montées et le vin servi. César en ôtait les aromates du bout des doigts quand un cavalier arriva au galop sur un cheval pie. Windus fut stupéfait : c'était Gobannos ! Très énervé, le barde de Bibracte annonça :

— Presque tous les Celtes ont rallié Vercingéto-rix, même tes anciens amis, César ! Et ils viennent de prêter serment de te pourchasser jusqu'à la mort.

César se redressa comme un ressort.

— Nous n'avons plus le temps de gagner la Province, il nous faut remonter vers le nord pour faire notre jonction avec l'armée de Titus Labienus. File en Germanie. Demande qu'on nous envoie des cavaliers, et vite ! Dis-leur qu'ils auront une belle part du butin.

18
L'embuscade

Après ça, on marcha de jour comme de nuit, au soleil comme dans les bourrasques car, pour rejoindre l'armée de Titus Labienus, il fallait franchir la Loire avant que le seul pont encore en état ne soit détruit par Vercingétorix.

César allait à pied, tête nue, sans faiblir. Il dormait peu, se contentant de monter par moments dans une litière pour un bref somme. Les rivières étaient gonflées par les pluies, les gués submergés ; on les franchissait avec de l'eau jusqu'à la taille, parfois au menton, en portant son paquetage sur sa tête. On postait alors des cavaliers en amont pour briser le courant et que les hommes ne soient pas emportés.

Les légionnaires étaient encore ruisselants d'une de ces périlleuses traversées, lorsqu'ils furent pétrifiés par des cris inhumains. Le temps qu'ils réalisent qu'il s'agissait des horribles carnyx gaulois, des cavaliers vociférants dévalaient de partout.

— Formez le carré ! hurlèrent les centurions Bagages au milieu !

Mais il n'était plus temps d'opposer un mur de boucliers. Les cavaliers avaient déjà envahi les rangs. On sortit les glaives.

Windus regarda autour de lui. Il allait mettre ce désordre à profit pour filer… Malheureusement, les cavaliers semblaient partout en même temps. Il se blottit dans le creux d'un tronc.

Par-dessus les bruits de bataille, il entendait les chants de malédiction des bardes, les coups sourds frappés en cadence sur les boucliers et les aboiements terrifiants des chiens de combat.

Longtemps, il se récita l'histoire des Celtes pour ne pas prêter attention au sifflement des flèches et aux gémissements des blessés. Et soudain, il perçut le roulement d'une énorme cavalcade. Il rouvrit les yeux. De cavaliers envahissaient le champ de bataille. Barbus, cheveux noués sur le côté, boucliers ronds à umbo pointu, sans armure ni casque. Des Germains ! Ils arrivaient en renfort pour soutenir les Romains au moment où les Celtes étaient épuisés par des heures de combats !

Il y eut des cris de douleur et de rage, et le fracas des armes reprit de plus belle.

Ce n'est que vers le soir que le vacarme déclina et fut remplacé par des chants de victoire... Des chants romains !

Oppressé, Windus sortit de sa cachette. Le sol était jonché de cadavres. Les Celtes étaient partis pour le Sid, les Romains pour les Enfers, les Germains pour le Walhalla. Apercevant un torque d'or au cou d'un chef celte, il le récupéra et le glissa à son propre coup pour dissimuler son collier d'esclave.

Déjà, le pillage s'organisait. Un légionnaire venait vers lui, cherchant les pièces de monnaie dans les poches formées par le haut des braies rabattu et coincé sous les ceintures. Pour garder les mains libres, il tenait entre ses dents, par les cheveux, une tête ennemie coupée. Windus se plaqua contre l'arbre. Puis il songea qu'avec sa tunique et ses braies de peaux à la germaine, il passerait inaperçu. Il devait tenter sa chance...

Il chercha des yeux un cheval germain, les plus faciles à capturer puisqu'ils étaient dressés à rester sur place à la chute de leur cavalier. Il en choisit un solide, nerveux et râblé, le saisit par la bride et l'entraîna tranquillement, comme si rien ne le pressait. Il allait filer à Bibracte retrouver Pétrus et, ensemble, ils attendraient le retour de Morgana.

Il s'éloignait quand il entendit dans son dos :

— Salut à toi, César ! Nous avons vaincu !

Il évita de changer de pas.

— Salut à toi, Labienus, répondit César, je suis content de te voir. Tu es arrivé à point nommé.

— C'est surtout les Germains qui nous ont tirés d'affaire. On ne peut lutter contre des cavaliers qu'avec des cavaliers. Pour fêter cette victoire, je t'ai amené ça… (Il y eut un silence.) Corneur, montre-nous ce que tu sais faire !

Alors s'éleva le chant d'un cor. Un son velouté, profond, sublime. Jamais Windus n'avait rien entendu de pareil, on aurait dit l'instrument des dieux.

Cependant, il ne pouvait se retourner. Il gagna le couvert des arbres et sauta à cheval. Il songea juste que cette musique aurait émerveillé Pétrus et il prit le galop.

19
Les mâchoires du piège

Morgana était désespérée. Les Celtes avaient perdu la bataille, et César avait renoncé à rentrer chez lui. Pire : suivant les guerriers de Vercingetorix jusqu'à l'oppidum d'Alésia où ils s'étaient réfugiés, le chef romain avait maintenant pris position sur toutes les hauteurs environnantes !

Ses légionnaires avaient d'abord creusé un fossé au pied de la colline et détourné la rivière pour le remplir. Puis, malgré la pluie de flèches qui s'abattait sur eux, ils en avaient fait un second, parallèle au premier. Il y avait toujours un vivant pour remplacer un mort. Enfin, on avait vu depuis l'oppidum se monter au loin des remparts ponctués de tours de guet et on avait compris.

C'était stupéfiant. César l'avait fait ! César voulait à ce point la victoire qu'il avait été capable de ça ! De bâtir des murailles de terre et de pierre à perte de vue pour les emprisonner !

Morgana regarda vers les camps militaires qui achevaient de verrouiller le territoire et s'arrêta

sur l'impeccable alignement de tentes du plus grand. D'après les espions, c'était celui de César, cependant elle n'avait jamais réussi à y détecter la présence de Windus.

Vercingétorix soupira :

– Il a pillé la moitié du pays. Pourquoi ne rentre-t-il pas chez lui avec son butin ?

– César veut tenir le monde dans sa main, répondit-elle.

– J'aurais mieux fait de t'écouter et de le laisser partir. Aujourd'hui, il serait loin.

– Il serait revenu, le consola Morgana. Tu l'as dit toi-même. Il reviendra tant qu'il ne sera pas définitivement vaincu.

– Tu m'avais déconseillé d'entreprendre cette bataille de cavalerie et nous l'avons perdue. Désormais, je tiendrai compte de ton avis.

Une voix murmura à l'oreille de Morgana :

– C'est ta faute si on a perdu. Ce sont tes prédictions qui nous ont porté malheur.

Il n'y avait personne ! Elle songea à l'être invisible dont Windus avait parlé, et son cœur s'affola. Vercingétorix n'avait rien entendu, car il poursuivait :

– J'ai dans cet oppidum cent mille personnes, et j'avais prévu trente jours de vivres. Comment se douter que César en viendrait à ça ! (Il désigna les fortifications.) Il faut que j'envoie des messagers chercher du renfort avant que le piège ne se referme, c'est notre seule chance.

— Envoie tous tes cavaliers, proposa Morgana. Tu auras moins d'hommes et de chevaux à nourrir, et chacun pourra recruter des guerriers dans son village.

Le chef lui adressa un regard surpris, puis il lissa sa moustache d'un air pensif et acquiesça :

— Double avantage. Ou plutôt triple, car cette armée de secours reviendra par derrière et prendra César à revers… Mais comment faire sortir dix mille cavaliers sans que l'ennemi soit alerté ?

— Fais-le cette nuit. Avant que ton plan n'ait le temps de parvenir aux oreilles des espions.

Vercingétorix hocha la tête sans hésiter, et partit donner ses ordres. Morgana en resta tout de même oppressée. Le sort en était jeté. Maintenant, tout reposait sur ses maigres pouvoirs.

Un à un, dans la nuit, les cavaliers franchirent la porte, les sabots de leurs chevaux enveloppés de toile. Par milliers, ils quittaient l'oppidum dans le plus grand silence.

Pétrus ne dormait pas. Il n'avait pas trouvé Windus au camp de César et ignorait où était Morgana. Pourvu que Vercingétorix ne l'ait pas tuée en apprenant que Gobannos et ses amis l'avaient trahi !

La tente sentait le cuir moisi, et les soldats ronflaient. Il s'assit brusquement. Aucun son, jamais, ne lui échappait, et ce qu'il entendait là, c'était le battement étouffé de milliers de sabots. Vercingétorix faisait sortir ses cavaliers !

Il se glissa hors de la tente. La pleine lune éclairait la nuit, et une armée de chevaux descendait sans bruit la colline, se dirigeant vers l'endroit où la muraille n'était pas achevée. Les guetteurs allaient les voir, ils ne passeraient jamais !

Pétrus s'affola. Il connaissait des satires pour rendre stériles bêtes et champs, pour provoquer l'affaissement d'une colline, mais rien pour dissimuler ces cavaliers aux yeux des Romains !

Il cherchait dans sa mémoire quand il réalisa qu'il n'entendait plus rien. Et qu'il ne voyait plus à trois pas. Le brouillard était tombé d'un coup, étouffant tout comme par magie.

Par magie… Pourtant les druides refusaient de faire intervenir leurs pouvoirs dans la guerre !

Ébahi, il fixa l'air blafard devant lui. Puis une bouffée d'espoir lui emplit le cœur. Il ne connaissait qu'une personne qui pouvait faire ça. Morgana était à Alésia !

20
Cruelle décision

César était exaspéré. Sans cesse, l'alarme sonnait, signalant une attaque. Les Gaulois surgissaient de l'oppidum, dévalaient la pente en hurlant, lançaient des flèches enflammées et se repliaient. Poursuivre les travaux d'encerclement dans ces conditions devenait une épreuve, et ses guetteurs n'avaient plus de repos.

Pourtant, ses légions continuaient à travailler avec bravoure. C'est à cela qu'on reconnaissait un grand empire : à l'obéissance de son peuple, au respect du serment qui liait le soldat à ses chefs, à l'organisation rigoureuse de son armée. C'était sa chance contre ces Barbares braillards, indisciplinés, divisés en mille tribus..

Il avait bon espoir car, d'après son nouvel espion, les assiégés commençaient à être décimés par la faim. Une chose, néanmoins, l'inquiétait : toujours d'après cet espion, des cavaliers étaient sortis en pleine nuit. Et pas un ou deux : des milliers ! Comment un tel mouvement de troupe avait-il pu échapper à ses guetteurs ? Et le pire était que ces hommes reviendraient avec des renforts et le prendraient à revers !

Ça l'avait obligé à édifier une seconde ligne de fortification, de l'autre côté de ses camps, pour se protéger, et à piéger chaque pouce de terrain de chausse-trapes plus terribles les unes que les autres. Si les Gaulois franchissaient les fossés, ils se feraient estropier par les aiguillons de fer puis empaler sur les pieux dissimulés dans des fosses.

Il fit du regard un tour d'horizon. Ils avaient abattu tellement d'arbres pour leurs travaux que la campagne était rasée et qu'on voyait très loin.

Tout de même... Si cette guerre durait trop longtemps, les Gaulois auraient le dessus, car ils s'organisaient de mieux en mieux. Ils avaient surtout réussi à se doter d'un chef, ce Vercingétorix, un homme intelligent, guerrier redoutable, qui lui avait déjà donné du fil à retordre. Oui, il fallait finir cette guerre au plus vite.

Morgana ferma les yeux. La faim lui tordait le ventre, elle voyait tout tourner. Les greniers étaient vides, il ne restait rien à manger, pas même une souris. De temps en temps, on tirait à la fronde un oiseau qui passait, mais c'était insignifiant. On en était à dévorer l'herbe et les racines, les enfants se gavaient de terre et tombaient malades. Quand ils n'en pouvaient plus, ils s'allongeaient pour mourir, sans rien dire, parce qu'ils n'avaient plus la force de pleurer.

Les guerriers aussi avaient les joues creuses, les yeux enfoncés. Bientôt, ils seraient trop épuisés pour lever leur épée.

La lyre entama une mélopée et Morgana rouvrit les yeux. Le barde d'un des chefs chantait l'histoire de ce peuple encerclé dans son oppidum et mourant de faim et qui, plutôt que de se rendre, avait décidé de mettre à mort les vieillards pour les manger.

Vercingétorix protesta :

– Nous ne mangerons personne !

Il y eut un brouhaha :

– Comment tenir, alors ?

– Il faut se débarrasser des bouches inutiles.

– Oui ! Faire quitter l'oppidum aux femmes, aux enfants et aux vieux. Ce sera même mieux pour eux, ils seront sauvés.

– Ils ne seront pas sauvés, intervint Morgana.

César les empêchera de traverser ses lignes. Ceux qui sortiront mourront.

– César les laissera passer, protesta Volcos. Cette fille ne parle que pour ne pas être jetée dehors !

– Je n'ai **nulle** intention de la jeter dehors, contra Vercingétorix. Par ses conseils, elle nous est plus précieuse qu'un guerrier.

– De toute façon, lâcha Volcos, si les inutiles restent ici, ils mourront aussi. Et nous avec. Il n'y a pas de solution. L'armée de secours arrivera trop tard, il faut nous rendre.

– Nous rendre ? Ce serait la mort ou l'esclavage, la fin de la liberté pour nos peuples, et dans le déshonneur !

Morgana n'écoutait plus. Elle considérait Volcos avec stupéfaction. Pas à cause de ses paroles, mais de sa voix. C'était celle qu'elle avait **entendue** à son oreille sur le chemin de ronde ! Comment était-ce possible ?

À la tombée de la nuit, on ouvrit les portes de la ville et on fit sortir la longue colonne des sacrifiés. Un silence de plomb tomba alors sur l'oppidum. Les guerriers avaient dit adieu à leurs parents, à leur femme, à leurs enfants, et ils avaient encore dans l'oreille le grincement de la porte qui se refermait sur les sanglots.

Au matin, les forges s'étaient éteintes, on n'entendait plus un coup de marteau. Seul Vercingétorix parcourait l'oppidum, l'air inquiet :

– Personne n'a vu Morgana ?

Volcos l'interpella :

– C'est de la vate, que tu parles ? Je l'ai vue sortir avec la colonne, hier soir. J'ai tenté de la retenir, mais elle m'a répondu qu'elle rejoignait l'armée de César, parce que tu refuses de te rendre et qu'elle sait que tu vas perdre cette guerre.

21
Le son du cor

La plaque de cuir qui fermait la tente se souleva, et César regarda son espion entrer. Le nouveau. Jeune, mais apparemment fiable.

– Alors ? demanda-t-il.

– Ils n'ont presque plus de vivres, répondit Volcos, pourtant ils s'entêtent. Pour tenir, ils ont jeté dehors les bouches inutiles et ils s'imaginent que tu vas les laisser passer. Heureusement, tu n'es pas assez bête pour ça, ton intérêt est qu'ils agonisent sur les pentes.

César lui jeta un regard interloqué.

– Mon intérêt ? Les marchands d'esclaves qui suivent l'armée seraient furieux que je laisse se gâter la marchandise.

– Mais voir souffrir leurs enfants ébranlera la volonté des assiégés ! Surtout après ce que j'ai dit à Vercingétorix.

– Et quoi donc ?

– Que sa précieuse vate s'était enfuie parce qu'elle savait qu'il perdrait la guerre.

– Elle s'est enfuie ?

– Pour être exact, je l'ai assommée et jetée par-dessus la muraille. Elle ne nuira plus à ta conquête. C'est tout ce que méritent les druides.

César le considéra avec incrédulité. Malgré son jeune âge, ce garçon était redoutable ! Il déclara enfin :

– J'ai de l'admiration pour les druides…

– Leur pouvoir nuit à Rome ! En dehors de Diviciacos qui est ton ami, la plupart des autres haïssent les Romains. D'ordinaire, ils n'interviennent pas dans les bagarres entre tribus, mais ils vont vite comprendre que cette guerre est différente.

César hocha lentement la tête.

– Je ne tenterai rien pour l'instant. Un seul geste contre eux soulèverait la fureur des Gaulois, et la fureur rend invincible. J'aurais tout à y perdre.

– Songe que Rome ne sera pas maîtresse en Gaule tant qu'il restera un seul druide !

– Sans doute. Cependant il ne faut pas vouloir tout faire en même temps. Nous laisserons couler quelques années, le temps d'endormir leur méfiance, puis nous nous mettrons en chasse.

Volcos sourit. Voilà qui l'arrangeait parfaitement. Il avait besoin que les druides restent en vie assez longtemps pour qu'il finisse d'absorber leur science. Depuis qu'en espionnant une de leurs réunions de la forêt des Carnutes il avait découvert comment se rendre invisible, il suivait l'enseignement en secret. Il avait même réussi à inquiéter Diviciacos en faisant tomber la neige en plein cours, puis une pluie rouge comme le sang.

Seulement, ça ne changeait rien, il n'avait pas été admis à l'école, il ne se serait donc jamais druide officiel.

Mais, maintenant, il s'en moquait ! Les druides allaient disparaître et il resterait seul avec tous leurs pouvoirs. Sans que personne ne s'en doute. Et il serait à la fois chef ET druide ! Car, en récompense de ses services, César le nommerait à la tête des Éduens. Il avait bien fait d'inciter son frère à entrer en guerre. Il veillerait personnellement à ce qu'il soit tué au combat, et les Éduens n'auraient plus aucune raison de refuser le grand Volcos comme chef.

Bon. Pour ça, il fallait déjà que les Romains gagnent la guerre.

On entendit un cheval, puis la porte de cuir se souleva et Gobannos entra :

— L'armée de secours s'est rassemblée sur le territoire éduen et s'est mise en marche. Et elle est immense.

— Je l'attends de pied ferme, lâcha César.

— J'ai autre chose pour toi, reprit le barde. À Bibracte, j'ai trouvé ça… qui t'appartient, il me semble.

Il tira sur une corde et ramena un prisonnier en sang. Volcos reconnut avec surprise l'esclave germain qui suivait l'école en douce. Il lui avait décoché une flèche chaque jour pour l'effrayer, mais sans succès. Cet entêté avait certainement acquis des pouvoirs druidiques, il représentait un danger !

— Une fuite en temps de guerre s'appelle désertion, déclara-t-il, et mérite la mort.

De peur que César se contente de faire battre le prisonnier, il ajouta vite :

— Sa trahison ne m'étonne pas. Il appartient au peuple des Éburons que tu as exterminé. Tu l'ignorais ?

César se pinça les lèvres, puis il lâcha :

— Fouettez cet esclave à mort et jetez son cadavre aux corbeaux.

Le bruit des haches qu'on aiguisait irritait les oreilles de Pétrus, mais le camp de Titus Labienus serait bientôt à l'abri derrière ses propres remparts. Il vérifia que sa besace était toujours fermée. Comme tout le monde, il ne s'en séparait plus. La nourriture étant rationnée, on ne voulait pas se la faire voler.

Il regarda vers l'oppidum. Si la nourriture devenait rare ici, ce devait être bien pire là-bas, et il s'inquiétait pour Morgana.

De nouveaux crissements lui scièrent les tympans. Un soldat gravait sur ses pierres de fronde « T. Labi », pour « Titus Labienus ». Il portait au bras un large bracelet…

Pétrus bondit :

– Où as-tu eu ça ?

– Sur les pentes de l'oppidum où les Gaulois sont en train de crever. (Il leva son bras.) Joli, hein ! C'est une fille qui le portait.

Sur le bracelet, on voyait le dieu Cernunnos entouré de serpents à tête de bélier !

– La fille, s'inquiéta Pétrus, elle était… vivante ?

– À ce moment, oui. Seulement, après, on s'est entraînés sur les mourants à la fronde.

Pétrus prit une profonde inspiration pour se calmer et déclara :

– Dommage ! J'aurais bien pris une esclave. Or

celle-ci doit être de grande famille, pour posséder un pareil bijou.

— Il est trop tard. Les marchands d'esclaves sont en train de récupérer tout ce qui reste en vie.

Pétrus s'éloigna d'un air indifférent puis rentra à la tente prendre son bouclier. Ses mains tremblaient. Il n'arriverait pas là-bas avant que les marchands soient repartis !

Vite, il saisit son cor.

22
La haie druidique

Morgana ne sentait même plus la faim, la vie la quittait. Elle ne se rappelait pas ce qui s'était passé, comment elle s'était retrouvée sur les pentes de l'oppidum ni pourquoi les chefs l'avaient finalement jetée dehors. Et frappée, puisqu'elle était couverte d'ecchymoses… C'est ce qu'elle comprenait le moins.

Elle avait soigné ses blessures avec des plantes, mais cela ne la sauverait pas. Elle n'arrivait même plus à se pencher sur la rivière pour boire. Ses lèvres étaient craquelées, sa peau cuite par le soleil. Elle allait mourir.

Elle tressaillit. Une main dure comme une serre agrippait son bras.

– Celle-là est vivante. Je la prends.

Elle ouvrit péniblement les yeux. L'homme penché sur elle avait le visage masqué par un linge pour se protéger de l'odeur affreuse des cadavres.

C'est alors que s'éleva une musique très belle, celle qui l'accueillait au Sid, le pays des morts… Elle y décela des paroles. « Que le temps s'arrête, que l'air se fige. »

La main qui tenait son bras s'immobilisa, tous les bruits se turent. Le son du cor emplissait la vallée. « Que le temps s'arrête, que l'air se fige. » Morgana rouvrit les yeux. Elle ne se trouvait pas au Sid et ce qu'elle entendait était une satire lancée par un barde !

Puis, d'un coup, Pétrus fut là. Il la serrait dans ses bras. Alors, les larmes qu'elle n'était plus capable de verser se remirent à couler. Pétrus lui glissa dans la bouche de l'eau de sa gourde, mais le cor s'étant tu, tout reprenait vie, et le marchand lui agrippa de nouveau le bras :

– Elle est à moi !

– Je l'achète, déclara vite Pétrus.

Il saisit son bouclier et vida l'umbo sur le sol.

Le marchand n'en crut pas ses yeux. Il compta les pièces… Une esclave vendue à prix d'or avant même d'être capturée !

Il allait repartir quand il se figea de nouveau. D'effroi. Un immense cri venait d'exploser sur la vallée. Des carnyx gaulois ! Des milliers de carnyx hurlant leur colère ! De l'autre côté des fortifications de César, les hauteurs se coloraient de rouge, de jaune, de bleu. L'armée de secours était là ! Affolé, le marchand se mit à courir vers les lignes romaines en louvoyant pour éviter les pièges.

Derrière ses remparts, Alésia exultait. On attendit que les cavaliers de l'armée de secours dévalent les pentes, puis on ouvrit les portes, et l'oppidum vomit à son tour ses guerriers hurlants. Pétrus n'eut que le temps de tirer Morgana vers un creux de rocher. Si les Celtes le surprenaient ici en uniforme romain, c'en était fait de lui !

Déjà, les guerriers couraient vers la rivière avec les claies de bois à poser sur le fossé. Puis les catapultes descendirent la pente, tandis que les hommes de tête comblaient le second fossé. On devait faire vite. Au loin, les trompes de César lançaient les légions contre l'armée de secours, il fallait en profiter pour attaquer ses fortifications de ce côté-ci !

Pétrus glissait une à une dans la bouche de Morgana les boulettes de bouillie figée qu'il conservait dans son sac, quand on commença à entendre des cris de douleurs. Les guerriers celtes tombaient dans les pièges dont César avait truffé le sol entre les fossés et ses fortifications.

— Il faut faire quelque chose ! s'écria-t-il.

Morgana secoua la tête d'un air accablé.

— Faire quoi ? J'ai levé un vent druidique, j'ai provoqué un brouillard druidique, tu as lancé des satires, et combien de temps avons-nous suspendu la guerre ? Quand les hommes veulent se battre, il est impossible de les arrêter.

Ils passèrent la journée dans l'angoisse. De temps en temps, ils entendaient les guetteurs de l'oppidum commenter la bataille qui se déroulait dans la grande plaine : « Les Romains reculent ! » « L'armée de secours les bouscule ! » « On va vers la victoire ! »

Puis, soudain, le ton changea pour un cri de frayeur ·

— Les Germains !

Pétrus et Morgana se regardèrent, atterrés. César avait encore une cavalerie germaine en réserve !

Les annonces changèrent très vite :

— L'armée de secours recule !

Cela sema l'effroi chez les guerriers qui tentaient

encore de franchir les pièges. Ils étaient blessés, épuisés, et ils ne pouvaient attaquer seuls.

– Que les Germains soient maudits ! crièrent-ils.

Et ils commencèrent à refluer vers l'oppidum.

– Que les Germains soient maudits !

C'est alors que Pétrus perçut un bruit léger à l'extérieur. Il glissa un regard. Personne. Juste une statuette, sur le sol… Son cœur s'arrêta. Épona, la protectrice des cavaliers !

– Windus est ici, chuchota-t-il en fouillant des yeux les environs.

Et il l'aperçut, étendu sur le sol, la moitié du corps dans la rivière. En même temps, il réalisa que Windus était vêtu en Germain et que les blessés en colère marchaient droit sur lui ! Il demanda précipitamment :

– Morgana, le sortilège de la haie, vite !

– Je… Je n'ai pas la force…

– Windus ne bouge plus, ils vont le trouver ! Je peux t'aider, moduler un chant, tu diras les paroles. Hein ? Tu peux, Morgana !

Il lui prit les mains et se mit à fredonner. Sa gorge était si contractée que sa voix avait du mal à passer. Péniblement, Morgana remua les lèvres et, le long de la rivière, l'air commença à se brouiller, la lumière se teinta de vert, puis une haie hérissée d'épines sortit de terre, barrant la route aux guerriers.

Dès qu'elle fut assez haute, Pétrus dévala la pente vers la rivière. Il allait atteindre Windus quand Morgana vit flotter une forme au-dessus de la haie. Une forme humaine.

— Attention ! souffla-t-elle comme si Pétrus pouvait l'entendre.

Les guerriers poussaient des exclamations terrifiées. Ils étaient impuissants contre une haie druidique, incapables même de la toucher, et pourtant celle-ci vacillait.

— Dépêche-toi, gémit Morgana, gagnée par l'affolement.

On aurait dit que la barrière était soumise à une force contraire qui cherchait à la dissoudre. C'était incompréhensible. Seul un druide pouvait faire ça, et aucun ne se le serait permis !

Pétrus hissait avec peine Windus sur son dos. Vite ! Vite ! La haie devenait transparente.

Morgana porta ses doigts à ses tempes et rassemblant ses forces, chuchota des mots qu'elle ignorait l'instant d'avant. Et le corps de Windus se dilua en une brume légère.

Ne sentant plus le poids de Windus sur son dos Pétrus se retourna. Il ne le voyait nulle part et la haie finissait de s'effacer ! Morgana cria, terrifiée :

— Cache-toi !

Pétrus s'aplatit entre les buissons.

23
La force des druides

— Comment as-tu fait ça ? souffla Pétrus en contemplant Windus qui reprenait corps.

Morgana haussa les sourcils. C'était la première fois qu'elle réussissait une transformation, et elle n'était pas sûre d'avoir la réponse. Elle observa :

— Ce que je me demande, moi, c'est comment Windus est arrivé jusque-là, et comment il a trouvé la force de lancer la statuette vers nous dans l'état où il se trouve.

Son dos n'était qu'une plaie affreuse. Elle y appliqua des plantes humides et les maintint en place avec les bandes trouvées dans la besace de Pétrus et qui constituaient le matériel de premiers soins du soldat romain.

Windus n'avait pas repris connaissance, mais elle n'était pas inquiète. Un druide pouvait guérir tous les blessés, à part ceux à qui on avait coupé la tête. Elle sourit. Ils étaient trois. Réunis.

La nuit était tombée et Pétrus dressa l'oreille. Les portes de l'oppidum venaient de s'ouvrir. À la lueur de la lune, les assiégés descendaient vers les pièges.

Toute la nuit, ils arrachèrent les aiguillons de fer, coupèrent les branches acérées, enlevèrent les broussailles qui dissimulaient les pieux taillés en pointe. On entendait des jurons de douleur et d'impuissance quand, par mégarde, les nettoyeurs marchaient sur un piège. Et lorsqu'ils approchèrent des fortifications romaines, les projectiles se mirent à pleuvoir, pierres, javelots et flèches qui se plantaient au hasard dans les chairs.

Des craquements lointains témoignèrent enfin que des assaillants avaient atteint les fortifications romaines et arrachaient les parapets avec des harpons et des faux de guerre.

Toute la nuit les frondes sifflèrent, les casse-tête s'abattirent, glaives et épées firent leur danse, et les premières lueurs du jour dévoilèrent un spectacle désespérant, des cadavres à perte de vue.

À quatre pattes pour ne pas être aperçu de l'oppidum, Pétrus dévala la pente vers la vallée, évitant de regarder les visages, mais récupérant ici et là les vivres dont les Romains n'avaient pas voulu se séparer et dont ils n'auraient plus besoin. Les morts sauveraient les vivants.

Il était à peine de retour qu'une ombre masqua l'entrée de l'abri. Un cri les figea :

— Des espions ! Emparez-vous d'eux !

— Chef ! Regarde ce qu'on a trouvé sur les pentes !

Le guerrier lâcha Windus à demi conscient aux pieds de Vercingétorix.

— Un Germain, compta celui-ci, un Romain... et cette traîtresse de vate. César t'a donc renvoyée te faire pendre ici ?

Morgana releva la tête :

— Pétrus est originaire de Province et enrôlé malgré lui, Windus est éburon et esclave, et moi... qu'ai-je à voir avec César ?

– Tu l'as rejoint, il me semble !

– C'est toi qui m'as fait jeter dehors ! (Elle s'interrompit brusquement.) Qui t'a dit que j'étais partie rejoindre César ?

– Volcos. D'ailleurs où est-il, celui-là ?

La voix affaiblie de Windus s'éleva :

– Il est… chez César. C'est un de ses espions.

– Un espion ? rugit le chef. Voilà pourquoi il voulait que nous nous rendions !

– Alors c'est lui qui m'a assommée et jetée dehors ! s'exclama Morgana.

– Il connaît ta clairvoyance, il voulait t'empêcher d'intervenir !

Windus prononça péniblement :

– Depuis mon poteau de torture, j'ai eu tout le temps d'étudier les défenses de César… Elles sont fortes juste en face de l'oppidum, nettement moins ailleurs.

Il ferma les yeux et commença à réciter de mémoire tout ce qu'il savait sur les effectifs et l'état des fortifications, depuis les camps de fantassins du nord et du sud qui encadraient les postes de commandement de César et de Labienus, aux camps de cavaliers établis près des ruisseaux, et qu'on ne voyait pas d'ici.

Vercingétorix l'écoutait avec stupéfaction.

– Tu dois attaquer au nord, finit Windus. C'est le point le plus faible… Cependant il faudrait que l'armée de secours donne l'assaut en même temps que toi.

— Et sur le même point, pour qu'il soit pris en tenaille ?

— C'est ça. L'armée de secours devra donc effectuer un mouvement tournant pour se poster derrière la colline.

— Elle le fera de nuit. Comment prévenir mon cousin qui la commande ?

Il y eut un silence, puis Pétrus proposa :

— Donne-moi un carnyx. Il y a forcément des bardes accompagnant les chefs, eux comprendront.

Il consulta Morgana pour déterminer les mots à glisser dans la musique et se mit à souffler.

Sa mélodie était si étrange que le silence s'étendit sur l'oppidum. Longtemps après la dernière note, il n'y avait toujours pas un bruit. Enfin, Vercingétorix articula :

— Vous êtes vraiment incroyables, tous les trois !

Depuis qu'il avait entendu le carnyx, Volcos se torturait. Contrairement aux Romains, il avait saisi ce qu'il disait. Malheureusement, s'il en parlait, César comprendrait qu'il avait des pouvoirs druidiques, et il jouait sa tête.

D'un autre côté, si les Romains perdaient cette guerre, il était fichu.

Depuis la corniche, il voyait les Celtes qui attaquaient en même temps tous les points faibles. Et César avait beau envoyer des renforts ici et là, ses légions étaient en train de céder. Volcos n'y tint plus :

– Tes hommes sont épuisés, général. Te voir arriver dans la bataille leur redonnerait courage. Et ça te permettrait de prendre les Gaulois à revers.

César lui jeta un regard méprisant.

– Je le sais. Maintenant qu'ils sont bien fatigués, je vais leur tomber dessus sans qu'ils aient rien vu venir. Mon cheval ! Et quatre cohortes avec moi !

Volcos reprit espoir. La victoire changerait peut-être de camp… Il réfléchit. Il devait mettre tous les atouts de son côté.

Le carnyx, avec ce son si particulier, il devinait qui en avait sonné. Et, par une visite secrète à l'oppidum, il savait aussi que Morgana avait survécu, et même l'esclave germain. Ces trois-là n'arrêtaient pas de lui mettre des bâtons dans les roues. Il craignait que les tuer lui porte malheur, et c'était pourquoi il n'avait pas infligé à l'esclave indiscret de blessure mortelle. Mais maintenant il n'avait plus le choix. Il devait se débarrasser d'urgence de ces trois gêneurs !

Il prit son sac et descendit vers la vallée qui le séparait de l'oppidum.

À l'abri des regards, son corps se dissolvait peu à peu sur la pente.

24

Le sortilège

Du bois plein les bras, Pétrus revint vers le temple devant lequel ils avaient établi leur refuge. Windus y surveillait le chaudron où cuisaient pêle-mêle toutes les rations récupérées sur les légionnaires. Quant à Morgana, elle vernissait de noir un bol d'argile.

— Tout va bien, annonça-t-il en posant le bois sur le feu, les Romains sont en train de céder.

Windus leva la tête, alerté par une curieuse impression, celle d'une présence au-dessus d'eux. La même que lorsqu'il écoutait les cours depuis le talus ! Il chuchota à Morgana :

— À propos du pouvoir d'invisibilité… Est-ce que tu connais un enchantement pour découvrir qui est là ?

Il indiqua des yeux le fronton de bois du temple.

Morgana y jeta un regard discret et n'y décela qu'une vibration de l'air.

Une vibration ! Identique à celle qu'elle avait perçue quand la haie s'était délitée !

Son cœur s'affola. Windus avait raison, quelqu'un était là, qui cherchait à leur nuire ! Elle ne connaissait qu'un moyen de découvrir une identité : poser la question à la vague druidique. Seulement, pour ça, il fallait se trouver au bord de la mer !

Elle réfléchit, puis se saisit du seau de bois.

– Je vais chercher de l'eau à la rivière.

– Sois prudente ! s'exclama Pétrus. Les combats peuvent se déplacer très vite !

Morgana se contenta d'un sourire et, quittant l'oppidum, descendit vers la vallée.

Pétrus avait bien évalué la situation, les bruits de combat se rapprochaient. On apercevait même des silhouettes qui couraient sur les pentes ! La crainte la saisit. Il fallait pourtant qu'elle aille à la rivière !

Elle poursuivit la descente en allégeant ses pas, mais elle respirait avec de plus en plus de difficulté.

Elle se retourna d'un bond. Des cailloux dévalaient la pente… Un Romain fonçait sur elle !

Elle eut à peine conscience de ce qui se passait. Elle roulait sur la pente avec les cailloux.

… Elle était caillou !

Sa course finit dans un bruit d'éclaboussure, et elle s'enfonça au ralenti dans l'eau.

Effaré par ce qu'il venait de voir, le légionnaire s'enfuit en hurlant.

Morgana, comprenant enfin ce qui était arrivé, se dépêcha de prononcer en pensée : « Onde qui, de ruisseau en rivière, de rivière en fleuve, court vers la mer, va soulever pour moi la vague druidique. Qu'elle me dise qui est l'être invisible. »

Lentement, son corps reprenait forme humaine, lui signifiant qu'il n'y avait plus de danger. Elle resta assise au bord de la rivière et attendit.

Quand la réponse arriva, elle en fut éberluée. Elle protesta dans un chuchotement :

– Mais Volcos n'est pas druide, il n'a jamais été admis à l'école ! Comment saurait-il devenir invisible ?

Elle ne reçut aucune réponse.

Tant pis, il n'y avait plus de temps à perdre ! Elle remonta vite vers l'oppidum en cherchant comment mettre les autres au courant sans que Volcos n'entende, mais elle ne trouva pas. En prenant place entre ses amis pour avaler sa part de soupe au pain, elle se décida finalement :

– Pourquoi nous espionnes-tu, Volcos ? Que nous veux-tu ?

Il y eut un silence stupéfait. Puis on entendit un ricanement :

– Ah ah, mes agneaux, vous ne pouvez rien

contre moi. Bientôt, je tiendrai le monde entre mes mains.

Les Trois se regardèrent. Ils ne comprenaient pas ce que cela signifiait, mais étaient conscients de la gravité du danger.

– Entre NOS mains, souffla soudain Morgana.

Elle prit la main de Pétrus d'un côté, celle de Windus de l'autre, et les garçons fermèrent le cercle. Le cercle de leurs pensées. Il n'y eut pas besoin de mot. La solution leur apparut. C'est Pétrus qui la détenait.

Il prit une ample inspiration et lança une note aiguë, vibrante comme la corde de la première lyre, la lyre d'or et d'argent du dieu-druide, la lyre gravée d'oiseaux, de chiens et de serpents, celle qui contient en elle toutes les mélodies.

Alors l'oppidum se mit à trembler. Les toits s'envolèrent, les amphores se renversèrent, les étagères vacillèrent, les pots tombèrent et se brisèrent… tout comme se brisa le sortilège d'invisibilité. Reprenant corps, Volcos fut précipité au sol.

Un moment interdit, il brossa sa tunique d'un revers de main et se moqua en montrant le flacon accroché à sa ceinture :

– Il est trop tard, mes agneaux Avec votre soupe, vous avez bu l'élixir d'oubli. Vous ne vous rappellerez rien. Ni votre vie, ni votre science. Vous avez tout perdu. Je resterai donc le seul maître, car vous ne pouvez plus rien pour les Celtes, plus rien pour les druides.

Atterrés, les Trois cherchèrent vite un enchantement pour contrer celui-là, mais déjà leur mémoire s'effaçait. Leurs mains se lâchèrent.

– On ne peut rien faire…, bredouilla Pétrus.

Windus intervint :

– Pour préserver ce qui reste de nous-mêmes, nous devons disparaître ! Concentre tes dernières forces, Morgana. Le carnyx, Pétrus !

Alors s'éleva une étrange musique, et le ciel s'assombrit, on aperçut les étoiles qui palpitaient. Un souffle se leva, violent, impérieux. Il s'enroula sur lui-même et joignit d'un bond la terre au ciel. Sa pointe mouvante dessina un cercle autour des Trois, puis elle se détacha du sol et s'envola, comme absorbée par sa propre force. Devant le feu, il n'y avait plus personne.

Et tandis que la lumière revenait sur la rage des épées et des glaives, un nouvel astre naissait au fond des ténèbres.

En cette année 52 avant notre ère, les Celtes furent vaincus. Vercingétorix se rendit.

Il fit le tour du trône de César dans le sens du soleil, puis jeta ses armes à ses pieds. Pour cinq cents ans, la Gaule devenait romaine.

Les druides, alors, disparurent peu à peu. Mais le soir où leur dernier descendant s'effaça de la surface de la terre, son cri pétrifia le monde. Et au moment où le silence étendait son ombre sur le pays, les Trois – qui n'étaient plus en vie sans être jamais morts – furent tirés de leur long sommeil.

Et ils reviendront, messagers du temps, dans :

Le maître de Lugdunum.

La Gaule avant Jules César

Pour en savoir plus

sur les personnages et les événements historiques

Les Celtes

Les Celtes habitaient une grande partie de l'Europe de l'Ouest. Les Romains appelaient Gaulois ceux qui occupaient l'actuel territoire de la France et une partie de la Belgique. Le sud de la Gaule, de Toulouse aux Alpes, a été rattaché à Rome dès 121 avant J.-C. sous le nom de *Provincia Romana* (Province romaine), ce qui a donné le mot Provence.

Les Celtes de Gaule étaient une soixantaine de peuples, parmi lesquels les Éduens (capitale Bibracte) les Arvernes (capitale Gergovie), les Carnutes (Cenabum, aujourd'hui Orléans), les Parisii (Lutèce, devenue Paris), les Bituriges (Avaricum, Bourges).

Les druides

Les druides étaient les prêtres de la religion celtique. Druide signifie « très savant ». Diviciacos, le grand druide des Éduens, est le seul dont le nom nous soit connu, car il était un ami de César et que celui-ci en parle. Son nom signifie « Celui qui honore les dieux ».

Bibracte

On peut encore voir ses remparts au sommet d'une colline. L'oppidum possède une quinzaine de portes. On y retrouve les vestiges de beaucoup d'habitations – dont quelques-unes de style romain (les Éduens étaient amis des Romains). On a aussi un temple, des fontaines, le bassin ovale bien conservé (certainement réalisé par un étranger à la ville), des ateliers de fondeurs, etc.

La grosse roche sur laquelle on montait pour prononcer les discours s'appelle aujourd'hui Pierre de la Wivre.

Gergovie

Est-ce Clermont-Ferrand ? C'est en tout cas dans ses environs. César y a été vaincu : curieusement, après avoir donné l'assaut au poste avancé, ses soldats n'avaient pas entendu les trompettes qui leur ordonnaient de se replier...

Lutèce (Paris)

Capitale du peuple des Parisii (d'où son nom actuel), située sur une île de la Seine. Elle n'a pas été incendiée par les légionnaires de Labienus, mais par ses propres habitants qui ne voulaient pas qu'elle tombe aux mains des Romains.

Alésia (sans doute Alise-Sainte-Reine)

On a retrouvé l'oppidum et les fortifications de César sur les collines alentour.

L'armée de secours a été levée grâce aux milliers de cavaliers qui, de nuit, ont réussi à quitter les lieux sans que les Romains s'en aperçoivent.

Alésia fut la dernière grande bataille de la guerre « des Gaules », mais il y eut encore des combats avant que les Celtes ne soient définitivement vaincus.

Le téléphone à l'ancienne

On se crie les nouvelles de lieu en lieu. César dit : « elles parviennent vite à toutes les cités de la Gaule », et « ce qui s'était passé à Cenabum au lever du jour fut connu avant la fin de la première veille chez les Arvernes. » (à 300 kilomètres de là).

Vercingétorix

Né vers 72 avant J.-C. Il était le fils du vergobret (chef) des Arvernes. On le décrit comme un grand orateur, d'une stature imposante, à la fois audacieux et prudent, désintéressé, habile.

L'armée de secours d'Alésia était commandée par son cousin Vercassivellaunos.

Jules César

De son vrai nom Caius Julius Caesar (Caius était son prénom, Julius son nom de famille, Caesar son surnom). Il a fait le récit de cette guerre dans ses *Commentaires sur la guerre des Gaules*. Bien sûr, il raconte les événements de son point de vue et à son avantage, il faut donc prendre ses affirmations concernant les « Gaulois » avec prudence.

Titus Labienus commandait une partie de l'armée. On a retrouvé à Alésia des pierres de fronde marquées : T. LABI

Les tablettes

Les romains écrivent « au brouillon » sur des tablettes en bois recouvertes de cire avec une pointe de fer (un style), comme on le fera encore au Moyen Âge. Pour ce qui doit durer, on utilise le papyrus qu'on achète à l'Égypte.

Les dieux

Les dieux de ce temps sont des centaines, grands et petits. César dit que le plus grand dieu des « Gaulois » est Dis Pater, mais on n'en a jamais trouvé trace. On connaît Épona, protectrice des cavaliers, Cernunnos dieu à ramures de cerf…

D'autres dieux se retrouvent chez tous les peuples :

– Le dieu de l'orage est Taranis chez les Gaulois, Jupiter chez les Romains, Thor chez les Germains.

– Le dieu de la guerre est Toutatis (ou Teutatès) pour les Gaulois, Mars pour les Romains, Wotan pour les Germains.

– Le dieu-guérisseur gaulois Bélénos correspond à l'Apollon romain.

L'Autre Monde

Après la mort, les Celtes vont au Sid, paradis qui se trouve dans une île où poussent des pommes d'or. Les Romains, eux, descendent aux Enfers. Charon leur fait passer le fleuve Styx à condition que le mort ait dans sa bouche une pièce pour le payer. Les Germains tués au combat vont au Walhalla où ils festoient pour l'éternité.

Un autre roman du même auteur se déroulant à l'époque celtique :

LE DÉFI DES DRUIDES

(Éditions Gallimard Jeunesse, n° 718)

Table des matières

Évelyne Brisou-Pellen

L'auteur

Évelyne Brisou-Pellen est née en Bretagne et, hormis un petit détour par le Maroc, elle y a passé le plus clair de son existence. Ses études de lettres auraient dû la mener à une carrière de professeur mais, finalement, elle préfère se raconter des histoires, imaginer la vie qui aurait pu être la sienne si elle avait vécu en d'autres temps, sous d'autres cieux. Ainsi elle a pu se faire capturer par un clan mongol, fuir avec un Cosaque, chercher fortune à Haïti, au Sahara, au Japon. Se trouver nez à nez avec les fantômes d'Écosse, se faire menacer par les flammes, être prise dans les tourmentes de la Terreur, faire ses études dans un collège maudit. Avec Garin, elle est prisonnière dans un château, encerclée par les loups, menacée par une terrible épidémie, soupçonnée de vol par les moines. Elle risque sa vie avec les pèlerins, vient à l'aide d'un chevalier, tente de sauver le pape.

Évelyne Brisou-Pellen a publié dans la collection Folio Junior : *Le Défi des druides*, *Le Fantôme de maître Guillemin*, *Le Mystère Éléonor*, *Les Disparus de la malle-poste*, et les aventures de Garin Trousseboeuf : *L'Inconnu du donjon - L'Hiver des loups - L'Anneau du Prince Noir - Le Souffle de la salamandre - Le Secret de l'homme en bleu - L'Herbe du diable - Le Chevalier de Haute-Terre - Le Cheval indomptable - Le Crâne percé d'un trou - Les Pèlerins maudits - Les Sorciers de la ville close*. Elle a également publié *De l'autre côté du ciel* dans la collection Hors-piste.

Philippe Munch

L'illustrateur

Philippe Munch est né à Colmar en 1959. Après l'école des arts décoratifs de Strasbourg, il a publié de nombreux dessins dans la presse pour enfants. Grand voyageur, ses pérégrinations le mènent de l'Asie du Sud-Est à l'Amérique du Sud. Heureusement, il trouve encore le temps d'illustrer de nombreux livres pour Gallimard Jeunesse.

Du même auteur

dans la collection

folio junior

LE FANTÔME DE MAÎTRE GUILLEMIN

n° 770

Pour Martin, l'année 1481 va être une année terrible. Quittant l'orphelinat d'Angers où il a été élevé, il vient d'arriver à l'université de Nantes. Il n'a que douze ans, et cela éveille les soupçons : a-t-il obtenu une faveur ? Sa vie devient difficile. Son maître ne semble pas l'aimer, et au collège Saint-Jean où il est hébergé rôde, dit-on, le mystérieux fantôme de maître Guillemin. Les autres étudiants, beaucoup plus âgés, ne sont pas très tendres avec lui. Un soir, il est même jeté dans l'escalier par deux d'entre eux. Mais le lendemain matin, on trouve l'un de ces étudiants assassiné…

LE MYSTÈRE ÉLÉONOR

n° 962

N'ayant plus aucune famille, Catherine décide de revenir à Rennes dans son ancienne maison. Un terrible incendie embrase la ville. Cernée par les flammes, blessée, elle perd connaissance… Éléonor se réveille dans un monde inconnu. On lui affirme qu'elle a dix-sept ans, qu'on est en 1721 et qu'elle a fait une chute de cheval. Elle ne se souvient de rien. Aurait-elle perdu la raison ? Qui est ce mystérieux tuteur, dont les visites l'effraient tellement ?

LES DISPARUS DE LA MALLE-POSTE

n° 1161

1794, messidor, an II de la République. La malle-poste arrive avec trois heures de retard au relais de Tue-Loup... et vide ! Le maître de poste découvre que la malle contenait du courrier relatif aux mouvements des troupes françaises à la frontière. Stan, son neveu, rapporte les passeports des voyageurs couverts de sang et paraît moins s'intéresser aux lettres qu'aux passagers, car parmi eux figure une certaine Hélène. Il faut qu'il la retrouve, même s'il doit lui en coûter la vie.

Mise en pages : Maryline Gatepaille

Loi n°49-956 du 16 juillet 1949
sur les publications destinées à la jeunesse
ISBN : 978-2-07-061797-5
Numéro d'édition : 173196
Numéro d'impression : 97295
Premier dépôt légal dans la même collection : février 2009
Dépôt légal : novembre 2009
Imprimé en France par CPI Firmin-Didot